MA SŒUR EST UNE

VAMPIRE

4

VAMPILARANT

MA SŒUR EST UNE

VAMPIRE

VAMPILARANT

Sienna Mercer

Traduit de l'anglais par
Patricia Guekjian

JEUNESSE

Remerciement tout spécial à Josh Greenhut

Copyright © 2008 Working Partners Limited
Titre original anglais : My Sister the Vampire, Book Four: Vampalicious!
Copyright © 2012 Éditions AdA Inc. pour la traduction française
Cette publication est publiée en accord avec HarperCollins Publishers

Éditeur : François Doucet
Traduction : Patricia Guekjian
Révision linguistique : Féminin pluriel
Correction d'épreuves : Nancy Coulombe, Katherine Lacombe
Montage de la couverture : Matthieu Fortin, Sylvie Valois
Illustration de la couverture : © 2008 Paige Pooler
Conception de la couverture : Joel Tippie
Mise en pages : Sylvie Valois
ISBN papier 978-2-89667-699-6
ISBN PDF numérique 978-2-89683-670-3
ISBN ePub : 978-2-89683-671-0
Première impression : 2012
Dépôt légal : 2012
Bibliothèque et Archives nationales du Québec
Bibliothèque Nationale du Canada

Éditions AdA Inc.
1385, boul. Lionel-Boulet
Varennes, Québec, Canada, J3X 1P7
Téléphone : 450-929-0296
Télécopieur : 450-929-0220
www.ada-inc.com
info@ada-inc.com

Diffusion
Canada :   Éditions AdA Inc.
France :   D.G. Diffusion
             Z.I. des Bogues
             31750 Escalquens — France
             Téléphone : 05.61.00.09.99
Suisse :   Transat — 23.42.77.40
Belgique :   D.G. Diffusion — 05.61.00.09.99

Imprimé au Canada

SODEC

Participation de la SODEC.
Nous reconnaissons l'aide financière du gouvernement du Canada par l'entremise du Fonds du Livre du Canada (FLC) pour nos activités d'édition.
Gouvernement du Québec — Programme de crédit d'impôt pour l'édition de livres — Gestion SODEC.

Catalogage avant publication de Bibliothèque et Archives nationales du Québec et Bibliothèque et Archives Canada

Mercer, Sienna
          [Vampalicious!. Français]
          Vampilarant
          (Ma sœur est une vampire ; 4)
          Traduction de : Vampalicious!.
          Pour les jeunes de 8 ans et plus.
          ISBN 978-2-89667-699-6

          I. Guekjian, Patricia. II. Titre. III. Titre : Vampalicious!. Français. IV. Collection : Mercer, Sienna. Ma sœur est une vampire ; 4.

PS8626.E745V3614 2012   jC813'.6   C2012-941550-2
PS9626.E745V3614 2012

Pour Mercury, qui me donne des ailes

CHAPITRE 1

Ivy et sa meilleure amie, Sophia Hewitt, marchaient à la hâte à travers le plus vieux cimetière de Franklin Grove en ce lundi matin. Le chemin de gazon, raidi par le givre, craquait sous leurs lourdes bottes, et Ivy cacha ses mains dans les poches de son long manteau noir en duvet afin de les garder au chaud.

« Ce vieux cimetière va me manquer quand je serai en Europe », songea-t-elle.

Même s'il faisait encore un peu noir, elle pouvait apercevoir, au loin, la basse silhouette de la crypte familiale de son petit ami, là où ses amies et elle avaient passé tant de temps à flâner. En dehors du portail du cimetière, les lumières des maisons à proximité scintillaient.

— C'était une fête tellement mortelle !
s'exclama Sophia, interrompant ainsi les
pensées d'Ivy.

On aurait dit que cela faisait une éternité, mais pourtant, samedi dernier, la
jumelle d'Ivy, Olivia, avait été initiée à
la communauté des vampires, et ils avaient
organisé une petite fête pour célébrer
l'événement.

— Tu dois être vraiment contente,
continua Sophia, que ce ne soit plus un
secret qu'Olivia soit au courant de l'existence des vampires. C'est partout sur le
Vorld Vide Veb !

Ivy enfouit sa bouche dans son foulard
noir en tricot et expira, réchauffant ainsi
son cou.

« Ce n'est pas la seule chose qui n'est
plus un secret », songea-t-elle.

— Sophia, dit-elle à voix haute, je dois
te dire quelque chose.

En ouvrant les énormes portes d'entrée de
l'école secondaire Franklin Grove, Olivia
Abbott fut submergée par un souffle d'air
chaud en provenance de l'intérieur. Elle

scruta les environs, enleva son chapeau et le fit balancer en le tenant par l'un des pompons roses qui pendaient de ses protège-oreilles. Elle sautilla sur place pour essayer de se réchauffer. Olivia avait porté son uniforme de meneuse de claques pour une assemblée d'école et, malgré ses collants, elle se sentait comme un sandwich à la crème glacée.

« Où es-tu, Camilla ? se dit Olivia en sautillant d'un pied à l'autre tout en cherchant son amie des yeux. J'ai une nouvelle énorme ! »

La porte d'entrée s'ouvrit, et Olivia y jeta un regard impatient. Malheureusement, ce n'était que Charlotte Brown, la capitaine prétentieuse de son équipe de meneuses de claques. Elle portait de moelleux cache-oreilles blancs.

— Bonjour, Charlotte, dit Olivia, incapable de dissimuler la déception dans sa voix.

Charlotte laissa la porte se refermer derrière elle, mais ses copines, Katie et Allison, entrèrent rapidement à sa suite. Elles portaient aussi des cache-oreilles.

— Ah, Olivia, j'ai tellement froid ! gémit Charlotte.

— Nous aussi, nous avons froid ! dirent Katie et Allison, qui avaient le don de toujours penser la même chose que Charlotte.

— Alors, vous feriez mieux d'entrer tout de suite vous réchauffer ! leur dit Olivia en fixant un sourire sur son visage.

Elles poursuivirent donc leur chemin en sautillant, sans prononcer un mot de plus.

Les élèves arrivaient au compte-gouttes et, chaque fois que la porte s'ouvrait, le cœur d'Olivia faisait un bond. Finalement, elle aperçut les boucles blondes de Camilla.

— Camilla ! appela Olivia.

— Hé ! répondit Camilla en souriant. Je suis désolée d'être en retard ; tu avais l'air si excitée au téléphone hier soir ! Qu'est-ce qui se passe ?

Olivia sourit largement.

— Oh rien, j'avais seulement hâte de t'annoncer la plus grande nouvelle de toute ma vie !

Camilla lui jeta un regard sceptique.

— Plus grande encore que lorsque tu as découvert que tu avais une sœur jumelle ?

Olivia fronça le nez. Camilla avait raison ; Ivy et elle n'avaient jamais su qu'elles avaient une jumelle avant de se rencontrer à Franklin Grove il y avait de cela quelques mois. À bien y penser, toute cette histoire de « ma sœur est une vampire » était une grande nouvelle aussi, mais, évidemment, Camilla n'en savait rien. Olivia était l'un des seuls êtres humains sur la planète à le savoir.

— Aussi grande que ça, décida Olivia en attirant Camilla derrière les énormes fougères en pot situées dans un coin du corridor.

Olivia prit une grande respiration.

— Tu ne peux le dire à personne, dit-elle. Promis ?

— Promis, répondit solennellement Camilla. Alors, tu vas me le dire ?

⋆ 🦇 ⋆

— Je *suis* en train de te le dire, protesta Ivy.

— Non, dit Sophia. Tu ne fais qu'*essayer* de me le dire. En fait, jusqu'à maintenant, tu n'as fait que soupirer à répétition.

Ivy soupira de plus belle, créant un petit nuage dans l'air froid du matin.

— J'ai encore de la difficulté à le croire, murmura-t-elle en guise d'explication.

— Ivy, lui dit Sophia d'un ton sévère, je suis en train de me geler les crocs.

— Tu n'as pas de crocs, répliqua Ivy en regardant aux alentours du cimetière pour s'assurer que personne ne se trouvait à proximité. Tu les limes comme nous tous.

— C'est une expression, dit Sophia en élevant la voix avec frustration. Maintenant, dis-moi quelle est ta grosse révélation!

— J'ai trouvé… dit Ivy en déglutissant. Olivia et moi avons découvert…

Sophia la fixa avec impatience.

— …qui est notre vrai père, lâcha enfin Ivy.

— Pour vrai? s'exclama Camilla en écarquillant les yeux.

Olivia hocha affirmativement la tête tout en se mordillant la lèvre, comme pour retenir un sourire.

— Je suis si contente pour toi! dit Camilla en jetant ses bras autour d'Olivia, ce qui fit accidentellement tomber une plante en pot.

Olivia rit.

— Je savais qu'Ivy et toi finiriez par trouver des réponses en continuant de creuser, dit fièrement Camilla.

Olivia s'avoua que leur persévérance avait porté ses fruits ; sa sœur et elle avaient essayé de percer le mystère entourant l'identité de leurs parents biologiques depuis le jour où elles s'étaient rencontrées.

— Merci, Camilla, répondit Olivia en lui faisant un autre câlin. Je voulais te le dire de vive voix.

— Alors, c'est qui ? Qui est ton père ? demanda Camilla, visiblement surexcitée.

Olivia fit une moue indécise tout en savourant le moment.

Camilla scruta son visage.

— Je le savais ! s'écria-t-elle. C'est une célébrité ! J'ai toujours trouvé que vous aviez le nez de George Clooney !

— Non, rétorqua Olivia en secouant la tête avec une fausse modestie. C'est encore mieux !

— Antonio Banderas ? chuchota Camilla avec admiration.

— Alors, c'est qui? demanda Sophia d'un ton excité tandis qu'elle attrapait le bras d'Ivy à la sortie du cimetière.

Les longs cheveux noirs d'Ivy retombèrent devant son visage.

— C'est, euh, il s'appelle… Karl Lazar, bredouilla-t-elle enfin.

« Mais pourquoi ai-je autant de difficulté à dire toute la vérité à ma meilleure amie? » se demanda Ivy.

En fait, tout ça semblait encore trop irréel.

— Lazar? répéta Sophia. Tu veux parler de ce vampire aristocrate de Transylvanie qui était tombé amoureux d'une humaine?

Ivy hocha silencieusement la tête en guise de confirmation.

— C'est extraordinaire! Sais-tu s'il vit encore? lui demanda Sophia.

— Oh oui, il est bien vivant, répondit Ivy.

— Mais comment le sais-tu? insista Sophia.

— Il se cache depuis les 13 dernières années, répondit Ivy.

Tandis que l'école secondaire Franklin Grove commençait à se dessiner au loin, Sophia ralentit la cadence.

— Ivy, pourquoi j'ai l'impression que tu ne me dis pas tout ?

Cette dernière esquissa un sourire gêné, soulagée que son amie la connaisse si bien.

— Peut-être parce que je ne te dis effectivement pas tout ? répondit-elle.

Tandis que Sophia la regardait attentivement, Ivy inspira profondément et dégagea son visage des cheveux qui le recouvraient.

— Mon père *est* mon père, annonça-t-elle, les mots s'élevant dans l'air comme un nuage de fumée.

Sophia la regarda d'un air ébahi.

— Mon père est mon *vrai* père, clarifia Ivy.

Sophia sursauta.

— Tu veux dire que ton père, Charles Vega, celui que tu connais depuis ta naissance...

— ...est Karl Lazar, termina Ivy.

Sophia la regarda un moment, incrédule.

— Tu essaies de me faire mordre, c'est ça ?

Ivy sourit.

— Pas de crocs, tu te souviens ?

— Mais pourquoi monsieur Vega ferait-il semblant d'être le père adoptif d'Ivy alors qu'il est son vrai père ? demanda Camilla.

— C'est ce qu'on ignore, répondit Olivia en fronçant les sourcils. Peut-être qu'il ne voulait pas qu'Ivy sache qu'elle avait une jumelle.

— Mais pourquoi ? continua Camilla.

Olivia ne put que hausser les épaules. Elle mourait d'envie de raconter à son amie tout ce qu'Ivy et elle avaient appris, à savoir que leur père était un vampire et que leur mère était une humaine, et que ce dernier avait choisi de les séparer après la mort de leur mère. Mais elle avait fait la promesse solennelle de ne jamais, au grand jamais, violer la première Loi de la nuit, ce qui signifiait qu'elle ne pourrait jamais révéler l'existence des vampires à un humain, quel qu'il soit. C'était vraiment moche, parce que Camilla était extrêmement intelligente ; elle aurait pu avoir des idées sur les raisons qui auraient pu pousser monsieur Vega à faire une telle chose.

Ivy et Sophia montèrent les escaliers qui menaient à l'entrée de l'école.

— Est-ce que ton père sait que vous connaissez son secret? demanda Sophia.

Ivy secoua la tête.

— Olivia et moi en avons parlé et nous sommes d'accord pour ne pas le dire tout de suite à nos parents. La mère d'Olivia va halluciner quand elle va apprendre la vérité, sans compter le fait que mon père est déjà hyper mal à l'aise avec Olivia.

Tandis qu'elles entraient dans le corridor, Ivy entendit quelqu'un murmurer son nom. Elle jeta un rapide coup d'œil autour d'elle, mais personne ne semblait regarder dans sa direction.

— Ivy! Sophia! fit de nouveau la voix.

— Je crois que cette plante en pot nous appelle, murmura Sophia.

Les deux filles s'approchèrent doucement. Soudainement, une main aux ongles roses sortit de derrière la plante et attira Ivy dans sa direction; c'était Olivia, blottie aux côtés de Camilla.

— Le lui as-tu dit ? se demandèrent Ivy et Olivia en même temps.

Toutes deux hochèrent affirmativement la tête, puis les quatre amies se firent un gros câlin de groupe.

— Félicitations pour avoir retrouvé ton père, dit Camilla à Ivy en souriant.

— Peux-tu croire que leur vrai père se trouvait là, devant elles, depuis tout ce temps ? demanda Sophia d'un ton excité, tandis que Camilla secouait la tête avec incrédulité.

— Vous ne pouvez le dire à personne, les avertit Olivia d'un ton sérieux.

— Même pas à Brendan ? demanda Sophia.

— Sauf à Brendan, répondit Ivy.

Elle avait l'intention de tout raconter à son petit ami dès la fin de son premier cours. Elle voulait le lui dire dans le corridor du pavillon des sciences, là où il lui avait demandé de sortir avec lui pour la première fois. Elle lui avait même fabriqué une carte pour le remercier de tout le soutien qu'il lui avait apporté au cours de sa quête pour la vérité.

— Ça doit être un très grand secret, dit Sophia avec un sourire taquin. Après tout, nous sommes toutes cachées derrière une plante en pot !

Pour une fois, Olivia ne sourit pas.

— Ivy et moi déclarons l'état d'urgence. Son père et elle sont censés partir pour l'Europe très bientôt.

— C'est aussi ton père, lui rappela doucement Ivy.

Olivia hocha la tête.

— C'est vrai, accorda-t-elle en songeant qu'elle aurait besoin de temps pour s'y habituer, et nous avons moins de 10 jours pour le convaincre de ne pas déménager.

— On ne le laissera pas nous séparer de nouveau, déclara Ivy d'un ton brave.

— Et je ne perdrai pas mon père biologique maintenant que je sais qui il est, ajouta Olivia.

Camilla et Sophia se redressèrent.

— Que pouvons-nous faire pour vous aider ? demanda Camilla.

— Tu crois vraiment que ton père pourrait changer d'avis ? demanda Sophia.

— Il le faut, répondit Ivy.

— Nous trouverons quelque chose qui rendra son départ impossible, dit Olivia.

— Quelque chose de si génial qu'il mourra d'envie de rester, ajouta Ivy.

— Comme quoi ? demanda Sophia.

Ivy et Olivia se regardèrent d'un air inquiet.

— C'est ce que nous espérons que vous pourrez nous aider à trouver, dit Ivy en forçant un sourire.

Les quatre filles se fixèrent du regard. Elles étaient toujours là, perdues dans leurs pensées, lorsque la cloche indiquant le début de la première période sonna.

— Approchez-vous ! cria Olivia. On se rejoint à midi pour élaborer notre plan.

Elles hochèrent toutes la tête en signe d'approbation, puis Olivia les invita à mettre une main au centre.

— Franklin Grove ou rien, dit-elle.

— Franklin Grove ou rien ! répétèrent Ivy et ses amies à l'unisson, leurs mains se levant vers le ciel comme autant d'étoiles.

CHAPITRE 2

À la fin de la troisième période, Olivia était occupée à se remettre du fard à paupières *Ciel naturel* lorsqu'elle vit, dans son miroir de casier, Sophia se diriger vers elle d'un pas rapide.

— Code mot, lui dit Sophia avec un regard entendu, son appareil photo se balançant autour de son cou.

— Tu veux dire code noir ? demanda Olivia en faisant référence au langage secret de Sophia et d'Ivy désignant une réunion d'urgence dans les toilettes du pavillon des sciences.

— Non, dit Sophia en secouant la tête, code *mot*.

Olivia rangea son fard à paupières dans son sac à main.

— Mais je ne connais pas le mot de passe, dit-elle, perplexe.

— Pas mot de passe, dit Sophia en levant ses yeux maquillés de noir vers le ciel, code *mot*, code *mot*.

Olivia la fixa du regard.

— Vous, les gothiques, vous êtes vraiment énigmatiques parfois, tu sais?

— Code mot, répondit Sophia en chuchotant, signifie qu'on se rencontre à la bibliothèque.

— Je pensais qu'on se rencontrait à la cafétéria, dit Olivia en claquant la porte de son casier.

— C'était le cas, dit Sophia tandis qu'Olivia la suivait dans le corridor, mais Ivy a décidé de changer de plan.

— Est-ce que Camilla le sait?

— Ivy va l'emmener, expliqua Sophia. Elles viennent d'avoir leur cours de gym ensemble.

— Mais pourquoi? Qu'est-ce qu'Ivy complote? se demanda Olivia à voix haute.

— Fouille-moi, répondit Sophia, je ne suis que la chauve-souris messagère.

L'entrée de la bibliothèque se trouvait au bout d'un long corridor plutôt large situé près du bureau du directeur; Ivy et Camilla les attendaient à côté de la porte. Ivy s'avança et tendit une carotte à Olivia ainsi qu'un morceau de bœuf séché à Sophia.

— Qu'est-ce que c'est? demanda Olivia.

— Le déjeuner, répliqua Ivy d'un ton neutre.

— Nous avons beaucoup de travail à faire, déclara Camilla.

Olivia regarda sa carotte et en prit une bouchée à contrecœur.

« Ce n'est pas parce que les vampires traitent les humains de "lapins" que nous vivons de carottes », se dit-elle.

Tandis qu'Olivia et Sophia grignotaient, Ivy leur exposa son plan.

— S'il y a bien une chose que mon père aime, c'est un rapport bien détaillé. Il prépare toujours des présentations géniales pour ses clients afin de leur exposer ses idées. Alors, je me suis dit, pourquoi ne pas concocter une super présentation pour le convaincre de rester ici?

— Et quel serait le sujet de cette présentation? demanda Olivia, la bouche pleine.

— Pourquoi Franklin Grove vaut mieux que l'Europe, répondit Ivy.

Sophia avala la dernière bouchée de son bœuf séché et secoua vivement la tête.

— Tu crois vraiment que Franklin Grove vaut mieux que l'Europe? demanda-t-elle, incrédule. Les Européens ont quand même la tour Eiffel!

— Oui, et les gens peuvent en tomber, rétorqua Ivy.

— Et les défilés de mode à Milan, fit remarquer Olivia.

— Qui créent une mauvaise image corporelle chez les jeunes filles du monde entier, répliqua Ivy.

Camilla hocha vigoureusement la tête en signe d'approbation.

Sophia, quant à elle, n'était clairement pas convaincue.

— Alors, qu'est-ce que Franklin Grove a que l'Europe n'a pas?

— Ça, c'est facile, répondit Ivy, les yeux pétillants. Nous!

Et, sur ces mots, elle se retourna et ouvrit les portes de la bibliothèque.

Olivia ne put s'empêcher d'esquisser un sourire.

« Eh bien, se dit-elle en suivant sa sœur, ça vaut la peine d'essayer. »

Ivy se rendit au bureau de la bibliothécaire et y trouva une jeune femme, arborant du rouge à lèvres foncé et portant d'élégantes et grosses lunettes vert et noir, penchée sur un énorme livre portant sur le Moyen Âge.

— Est-ce que monsieur Collins est là? demanda Ivy.

La bibliothécaire leva les yeux.

— Monsieur Collins a déménagé à Nashville afin de jouer de la musique country. Je suis mademoiselle Everling, la nouvelle bibliothécaire.

Elle se leva, tendit la main et serra celle d'Ivy vigoureusement. Tout le monde se présenta.

— Ton chandail est vraiment mortel, dit mademoiselle Everling à Sophia, dont le haut était doté d'un motif de branches nues sur lesquelles étaient posés des corbeaux.

« C'est elle, la nouvelle bibliothécaire? » se dit Ivy, impressionnée.

— J'espère que vous pourrez nous aider, Madame Everling, dit Olivia.

La bibliothécaire posa ses mains sur ses hanches.

— C'est mademoiselle, en passant, mais allez-y.

— Nous voulons faire une présentation sur l'Europe, dit Camilla.

— L'Europe ? Bon, suivez-moi, dit mademoiselle Everling en saisissant un crayon sur son bureau comme s'il s'agissait d'une épée.

Tandis qu'elle marchait, Ivy remarqua ses collants rayés noir et blanc et sa jupe grise en velours côtelé.

« Je me demande si elle est une vampire », se dit-elle.

— Bienvenue en Europe ! annonça mademoiselle Everling en débouchant dans une allée à l'arrière de la bibliothèque.

Elle promena un ongle rouge vin le long du dos de quelques livres de poche luisants.

— Vous voulez danser toute la nuit à Barcelone ? Faire du ski dans les Alpes ? Lâcher l'école et faire la belle vie avec 25 $ par nuit ?

Les filles la fixèrent avec stupéfaction.

— Je bla-gue, chatonna mademoiselle Everling. Je suis une *bibliothécaire d'école*, vous vous souvenez ? Cela dit, nous disposons d'un choix impressionnant de guides de voyage, termina-t-elle.

— Avez-vous des livres sur ce qui est mauvais en Europe ? demanda Sophia.

Mademoiselle Everling la fixa du regard.

— Il n'y a rien de mauvais en Europe. J'ai voyagé là-bas pendant toute une année quand j'ai eu fini l'université.

Elle leva les yeux au ciel et laissa échapper un soupir rêveur.

— Tant de culture et d'histoire…

— Histoire ? interrompit Ivy en lançant un regard entendu à ses amies.

Olivia suivait le même fil de pensée.

— C'est vrai ça, n'y a-t-il pas eu la peste noire en Europe ?

— Et les deux guerres mondiales, ajouta Camilla en grimaçant.

Mademoiselle Everling fronça les sourcils.

— Une minute, dit-elle en regardant les filles par-dessus ses lunettes, il porte sur quoi, votre projet, au juste ?

Ivy tripota l'un des livres sur l'étagère.

— Nous essayons de convaincre notre… amie… de ne pas déménager en Europe, dit-elle prudemment.

Olivia hocha la tête avec enthousiasme.

— Nous devons faire comprendre à cette personne que Franklin Grove est 1 000 fois mieux.

— Ah, je comprends maintenant, dit doucement mademoiselle Everling. Ma meilleure amie a déménagé en Californie quand j'avais 13 ans. C'est si dur de dire au revoir.

« Vraiment », pensa tristement Ivy.

Mademoiselle Everling, songeuse, tapota ses lèvres foncées du bout de son crayon, puis désigna l'appareil photo de Sophia.

— As-tu des photos de tes amis dans cette chose ?

— Bien sûr, répondit Sophia.

Mademoiselle Everling ajusta ses lunettes.

— Ne vous en faites pas, mesdemoiselles, dit-elle. Je vais vous aider à faire une présentation à laquelle votre amie ne pourra pas résister. Quelque chose d'excitant. Quelque chose d'émotif. Quelque chose de vraiment mortel !

Elle grimaça en saisissant qu'elle avait impulsivement utilisé l'argot des vampires.

— Je veux dire, quelque chose de vraiment merveilleux.

« Mademoiselle Everling est la bibliothécaire la plus mortelle de tous les temps », se dit Ivy en échangeant des regards excités avec ses amies.

— Alors, dit mademoiselle Everling, il est dû pour quand, ce projet si important ?

— Aujourd'hui, répondit Ivy.

Mademoiselle Everling commença à protester.

— Notre amie doit déménager dans 10 jours, expliqua Sophia.

— Nous n'avons pas de temps à perdre ! implora Olivia.

— D'accord, d'accord, dit mademoiselle Everling. Dans ce cas, nous devrons nous séparer. Qui veut s'occuper de faire de la recherche sur Franklin Grove ?

— Je peux m'en charger, offrit Olivia. J'ai emménagé ici il y a quelques mois seulement, alors ça ne me ferait pas de tort d'en savoir plus sur cette ville.

— Parfait, dit mademoiselle Everling. La section d'histoire locale se trouve tout près du photocopieur. Camilla, est-ce que tu aimerais t'occuper de l'Europe ?

— Sans problème, reine Informasys ! répondit Camilla en exécutant un salut solennel.

Ivy n'avait aucune idée de ce dont elle voulait parler ; Camilla faisait toujours des références obscures à ces livres de science-fiction dont elle était obsédée.

— Ah! Une admiratrice de Coal Knightley, dit mademoiselle Everling en souriant. Il est fantastique, non? En tous les cas, capitaine Omega, votre mission est de trouver des photos repoussantes de l'Europe. Ce ne sera pas facile. Commencez avec ces guides de voyage et, ensuite, rendez-vous dans la section sur l'histoire de l'Europe. Vous deux, dit mademoiselle Everling en désignant Ivy et Sophia du bout de son crayon, suivez-moi aux ordinateurs. Je vais vous montrer comment faire une présentation de diapositives qui, je vous le garantis, fera rire et pleurer votre amie. Mais surtout, elle la fera *rester*!

À 16 h 30, Olivia se trouvait derrière sa sœur, sur le perron de l'énorme maison de cette dernière, au sommet de la Colline du fossoyeur. Elles étaient restées avec Camilla et Sophia après les cours, histoire de terminer leur présentation, qui était absolument géniale. Mais, lorsqu'Ivy tendit la main vers la poignée de la porte, Olivia fut envahie d'un sentiment d'effroi.

— Attends, lança-t-elle.

Ivy s'arrêta net. Olivia se retourna et jeta un regard vers Franklin Grove ; elle pouvait à peine deviner le toit de l'école au loin, en regardant à travers le brouillard et les arbres dénudés de décembre.

— Est-ce que tu penses vraiment que ça va marcher ? demanda-t-elle avec un brin de nervosité.

— Pourquoi pas ? Tu ne penses pas que notre présentation est totalement mortelle ? lui demanda rapidement Ivy.

— Oui, bien sûr, poursuivit Olivia, mais, quand mon père a décidé de déménager à Franklin Grove pour son emploi et que je l'ai supplié de ne pas le faire, rien n'a pu lui faire changer d'avis.

— Sauf que mon père adore Franklin Grove, dit Ivy, et ce, depuis toujours. Et, bien que l'Europe soit un continent génial, je n'ai pas envie de passer l'éternité dans un pensionnat au Luxembourg.

— Oui, mais ça ne veut pas dire qu'il…

La voix d'Olivia s'éteignit avant qu'elle n'ait le temps de dire « m'aime ». Elle avait à peine revu monsieur Vega depuis qu'elles avaient découvert qu'il était leur père. L'initiation de la Table ronde des vampires symbolisait le fait qu'elle avait été officiellement acceptée dans la communauté des vampires. Toutefois, même après cet événement, il était resté très distant avec elle.

«Il n'aime même pas être près de moi», se dit-elle.

— Tu devrais peut-être faire la présentation sans moi, dit Olivia.

— Tu dois venir, lui dit Ivy. Tu es la meilleure pour parler en public.

— Je sais, mais il n'a jamais semblé… *m'aimer* beaucoup.

Olivia, pensive, se mordilla la lèvre.

— Si je suis sa fille, dit-elle, ses yeux se remplissant de larmes, pourquoi il ne m'aime pas? Est-ce que c'est parce que je suis une humaine?

Le regard d'Ivy s'adoucit et elle secoua la tête.

— Notre mère était une humaine, tout comme toi, dit-elle doucement, et elle était l'amour de sa vie.

— Alors, que s'est-il passé?

— Je ne sais pas, Olivia, avoua Ivy. Quelque chose qui a fait de lui un séparatiste, qui l'a rendu méfiant face aux humains.

Il a changé, certes, mais ça veut dire qu'il pourrait changer de nouveau.

Olivia poussa un long soupir.

— C'est juste que… j'aimerais tellement savoir ce que ça fait de l'avoir comme membre de ma famille. Tu comprends ?

— Et tu le sauras bientôt, la rassura Ivy. Mais d'abord, nous devons le convaincre de ne pas déménager.

Olivia hocha affirmativement la tête et inspira profondément, déterminée à ne pas décevoir sa sœur.

— Tu as entièrement raison, dit-elle.

Ivy lui adressa un sourire d'encouragement, lui donna un petit câlin et ouvrit la porte.

Elles trouvèrent monsieur Vega, penché sur la table de son bureau. Ivy entra discrètement tandis qu'Olivia se tenait derrière elle, près de la porte. Elle pouvait voir, même de là où elle se tenait, qu'il dessinait quelque chose avec un morceau de charbon.

— Bonjour, papa, dit Ivy.

— Ah, bonjour Ivy, répondit monsieur Vega en se levant précipitamment. Je ne t'avais pas entendue entrer.

Il cacha son dessin sous d'autres esquisses.

— Salut… commença Olivia, momentanément incertaine de la façon adéquate de s'adresser à l'homme qui se tenait devant elle, …Monsieur Vega.

— Bonjour, Olivia, répondit-il sèchement ; il venait tout juste de remarquer qu'elle se trouvait là, devant la porte.

Il détourna rapidement son regard et le cœur d'Olivia fit trois tours.

— Tu travailles sur quoi ? demanda Ivy.

— Rien, juste des idées de design.

— Mon père a dessiné cette maison lui-même, dit ivy à Olivia avec fierté.

Olivia le savait déjà, mais elle devina que sa sœur tentait de remémorer ce fait à leur père. Elle essaya donc de lui répondre avec enthousiasme, mais elle semblait avoir perdu sa langue.

— Génial, fit-elle enfin.

— Chaque mur, chaque latte de plancher, chaque commutateur, chaque étagère, dit monsieur Vega avec nostalgie. Je vais…

Il s'arrêta brusquement.

— T'ennuyer d'ici ? dit Ivy, ses lèvres foncées esquissant soudainement un sourire.

— Oui, dit monsieur Vega. Bien sûr que je vais m'ennuyer, mais une maison ne constitue pas une assez bonne raison de rester, ajouta-t-il rapidement.

— Il y a beaucoup d'autres raisons de rester, dit Ivy. N'est-ce pas, Olivia ?

Olivia ressentit la sensation familière de se présenter devant une foule ; elle portait toujours son costume de meneuse de claques après tout. Sa nervosité disparut comme par magie, et elle sentit sa voix remonter dans sa gorge.

— C'est exact, Ivy ! consentit-elle.

Elle mit la main dans son sac à dos, en ressortit le disque compact contenant leur présentation et le tendit à sa sœur avec un sourire éblouissant.

« C'est le temps d'animer la foule comme jamais ! » se dit-elle.

— S'il te plaît, Ivy, supplia son père tandis qu'elle le chassait de sa chaise pour glisser le disque compact dans son ordinateur. Je suis vraiment très occupé.

— Trop occupé pour la présentation la plus importante de toute ta vie ? rétorqua Ivy.

Ses doigts tremblaient, mais elle saisit agilement la souris, déterminée à ne laisser ni son père ni sa sœur deviner sa nervosité.

— Tu peux aller t'asseoir là-bas.

— Ça ne prendra pas beaucoup de temps, Monsieur Vega, ajouta Olivia. Vous ne le regretterez pas, je vous le promets !

« Peu importe la situation, pensa Ivy avec soulagement, Olivia se montre toujours à la hauteur. »

Vaincu, le père d'Ivy se laissa tomber dans la chaise de lecture située de l'autre côté de son bureau. Lorsqu'elle eut terminé de préparer la présentation, Ivy retourna l'écran pour que son père puisse le voir, et Olivia et elle se placèrent de chaque côté de ce dernier.

— Prête ? chuchota Ivy.

— Prête, répondit Olivia en souriant et en pressant la main de sa sœur.

Ivy tendit sa main vers l'arrière et appuya sur la souris pour commencer la présentation. Les haut-parleurs de l'ordinateur firent entendre les premières notes de guitare de la chanson *Paint it black* des Rolling Stones. Entre Ivy et Olivia, une minuscule tache blanche apparut au milieu de l'écran vide.

— J'adore cette chanson, annonça monsieur Vega avec approbation.

Ivy ne put s'empêcher de lever les yeux au ciel.

— Je sais, murmura-t-elle tandis que la tache blanche grossissait de plus en plus, pareille à un météore en approche depuis l'espace.

— Chut! gronda Olivia tandis que le titre s'affichait sur l'écran, accompagné d'un roulement de tambours.

— LA PRÉSENTATION LA PLUS IMPORTANTE DE TOUTE TA VIE! lurent Olivia et Ivy à l'unisson.

Le père d'Ivy laissa échapper un petit rire.

— Je croyais que tu me faisais marcher, dit-il.

Olivia fit un pas vers l'avant de façon professionnelle. Tandis que Mick Jagger chantait «I see a red door and I want to paint it black», une gravure de quelques cabanes modestes, qu'Olivia avait trouvée dans un livre à la bibliothèque, envahit l'écran.

— Nous sommes en 1666, commença-t-elle. Une toute petite bande d'exilés de la Transylvanie s'installent sur un lopin de terre très spécial qu'ils décident de nommer Franklin Grove.

Ivy était très impressionnée de voir que sa sœur avait appris son texte par cœur. Elle avait bien essayé d'en faire autant, mais elle avait fini par prendre des notes dans la paume de sa main.

— Cette même année, continua Ivy en jetant un rapide coup d'œil à sa paume, de l'autre côté de l'océan…

L'image à l'écran fit alors place à une gravure similaire, représentant toutefois une ville beaucoup plus grande dont les édifices étaient recouverts de flammes couleur d'encre qui semblaient lécher l'air.

— …le Grand incendie de Londres détruit les demeures de 70 000 pauvres habitants !

On entendait des cris et des hurlements en provenance de la trame sonore. Ivy remarqua que son père faisait la grimace, ce qu'elle prit comme un signe d'encouragement.

— Et ceci, dit Olivia d'un ton grave, n'est que la pointe de l'iceberg.

— Voici ce qui se passe au point le plus élevé de l'Europe, dit Ivy tandis que s'affichait l'image d'une avalanche prête à avaler un groupe de skieurs.

— Et voici ce qui se passe au point le plus élevé de Franklin Grove, dit Olivia tandis qu'une magnifique photo de la maison des Vega au crépuscule, prise par Sophia, s'affichait sur l'écran.

— Voici ce qui arrive lorsque les gens poussent des cris d'encouragement à Franklin Grove, continua Ivy.

L'écran affichait désormais une photo d'Olivia, debout au sommet de la pyramide des meneuses de claques des Diables de Franklin Grove, le poing levé au-dessus de la tête en un geste triomphant. Ivy aurait juré qu'elle avait vu passer un éclair de fierté dans le regard de son père.

« Ça marche ! » se dit-elle avec espoir.

— Et voici ce qui arrive lorsque les gens poussent des cris d'encouragement en Europe, poursuivit Olivia.

À l'écran, une foule enthousiaste assistant à un match de soccer s'était transformée en une véritable émeute.

Elles en étaient arrivées à la partie qu'Ivy aimait le plus.

— Voici le genre de choses qui arrivent lorsqu'on habite à Franklin Grove, déclara-t-elle.

Des images commencèrent alors à défiler à l'écran, sans autre accompagnement que les accords rock des Rolling Stones : Ivy dans sa robe de bal rouge vin, entourée des bras de son père, vêtu d'un smoking, avant le bal de la Toussaint ; une photo en noir et blanc, issue de la revue *Vamp*, représentant Ivy et Olivia, sans maquillage, se regardant droit dans les yeux à travers le miroir de la salle de bain d'invités ; leur père, applaudissant Olivia après qu'elle eut passé les trois épreuves d'initiation de la Table ronde des vampires ; Ivy, Sophia, Olivia et Brendan, bras dessus, bras dessous dans la crypte familiale de ce dernier ; monsieur Vega, l'air songeur, assis dans un fauteuil du salon tandis qu'Ivy et Olivia parlent avec enthousiasme devant lui. Les images défilaient les unes après les autres.

Ivy regardait attentivement le visage de son père. Il était visiblement ému ; ses yeux clignaient régulièrement et il était assis sur le bout de son siège, l'air absorbé.

Enfin, Olivia fit de nouveau un pas vers l'avant.

— Et voici, Monsieur Vega, le genre de choses qui arrivent lorsqu'on habite en Europe.

Tout d'un coup, la musique s'accéléra follement et le volume augmenta jusqu'à ce que l'on n'entende plus qu'un bruit perçant et méconnaissable. Une série d'images défila rapidement sur l'écran : un homme moustachu poursuivi par un taureau en colère, deux minuscules voitures européennes en pleine collision, un avion de la Deuxième Guerre mondiale en train de larguer des bombes, un immeuble démoli en France, un joueur de soccer arborant un regard agonisé de défaite, un tableau du mont Vésuve en pleine éruption.

Le flot d'images s'interrompit soudainement, en même temps que le bruit insoutenable. La douce et simple mélodie de la guitare du début résonna plaintivement, et une phrase s'afficha sur l'écran noir : *Franklin Grove ou l'Europe ?*

Ivy et Olivia lurent ensemble, d'une voix assurée, les derniers mots qui apparurent à l'écran :

— FRANKLIN GROVE!

Le père d'Ivy applaudit avec enthousiasme. Son visage était rouge d'émotion, et Ivy se rendit compte qu'elle ne l'avait pas vu sourire comme ça depuis des semaines.

— Excellent travail, dit-il. Quelle mer-
veilleuse présentation! Vous devriez la
présenter à la chambre de commerce de
Franklin Grove.

« Je savais qu'il aimerait, se dit Ivy. Je
savais que ça marcherait! »

— Alors, nous ne déménageons plus?
lança-t-elle.

Le sourire de son père s'effaça soudainement, comme lorsqu'un nuage passe devant
la pleine lune. Il se laissa tomber dans sa
chaise et regarda fixement ses mains. Olivia
lança un regard anxieux à Ivy.

— Mais tu ne vois pas tout ce qu'on a
ici, papa? supplia Ivy.

— Ne partez pas, dit Olivia d'une toute
petite voix.

— Je dois y aller, murmura monsieur
Vega. Nous devons y aller, Ivy. Je sais que
c'est difficile à accepter pour toi... mais tu
dois essayer.

Ivy le regarda, incrédule.

« Pourquoi es-tu si têtu? » se dit-elle.

Elle chercha désespérément quelque
chose à dire, n'importe quoi qui aurait pu
l'atteindre et lui faire comprendre qu'ils ne
pouvaient pas partir en Europe.

Son père força un sourire, sans grand résultat, surtout en comparaison avec celui d'il y a quelques secondes.

— Tu devrais plutôt essayer de penser à tous les bons côtés de l'Europe, dit-il avec espoir.

Ivy secoua la tête et se retourna vers Olivia.

— Je pensais qu'il écouterait le bon sens. Ou les émotions. Ou *nous*, dit-elle doucement. Mais je vois bien que j'avais tort.

Sans dire un mot de plus, Ivy raccompagna sa sœur à l'extérieur du bureau. Elle savait qu'Olivia luttait, elle aussi, pour ne pas éclater en sanglots.

CHAPITRE 3

Le lendemain, à l'heure du déjeuner, et bien qu'entourée d'Olivia, de Sophia, de Camilla et de Brendan, Ivy était toujours de très mauvaise humeur.

— Mon père est impossible, fulmina-t-elle. Il est vraiment décidé à déménager, et je ne suis pas certaine de pouvoir faire quoi que ce soit pour l'en empêcher.

— As-tu essayé de lui mordre la jambe ? demanda Brendan. Ma petite sœur, Bethany, a fait ça à mon père une fois. Je peux t'assurer qu'elle avait réussi à capter son attention ; il a failli se rendre à l'hôpital !

Ivy était incapable de sourire.

— Mon père n'aime pas les hôpitaux, dit-elle sombrement.

En face d'elle, Olivia était occupée à déplacer un morceau de brocoli mou tout autour de son assiette.

— Pensez-vous qu'il veut partir en Europe pour s'éloigner de moi? dit-elle doucement, les yeux rivés sur son plat.

Le cœur d'Ivy s'ouvrit comme un cercueil. Il lui arrivait d'oublier que la situation était aussi difficile pour Olivia que pour elle, voire encore plus difficile.

— Il ne ferait jamais ça, Olivia, dit-elle d'un ton aussi rassurant que possible. C'est à cause du poste. C'est vraiment une chance incroyable.

— Je crois qu'il avait dit qu'ils lui avaient fait une offre qu'il ne pouvait refuser, n'est-ce pas? ajouta Sophia.

Ivy fit signe que oui.

— Mais nous ne savons même pas pourquoi il nous a séparées en premier lieu, dit Olivia, sceptique. Je l'ai peut-être mordu à la jambe lorsque j'étais bébé.

Ivy sourit.

— Je ne crois pas qu'il insisterait pour déménager simplement à cause de toi, Olivia. Il parlait de ce poste bien avant que tu arrives à Franklin Grove.

Olivia lui lança un regard reconnaissant.

— Tu as raison, dit-elle. Je suis désolée. Je suis totalement névrosée.

— Ce que nous devons faire, c'est trouver quelque chose d'encore mieux qu'un excellent poste, dit Camilla.

Brendan hocha affirmativement la tête, faisant ainsi retomber ses boucles brunes devant ses yeux. Il était beau à en mourir.

— Si nous trouvons une raison vraiment valable, ton père choisira de rester, convint-il.

En ce moment, Ivy ne pouvait s'imaginer loin de Brendan ; elle sentit la détermination remonter en elle.

— Dans ce cas, nous devons à tout prix trouver cette raison.

— Hé, Vega ! appela une voix.

Ivy se retourna et vit Garrick Stephens et ses cinglés de copains, Dylan Soyle et Kyle Glass, cheminer vers leur table. Elle leva spontanément les yeux au ciel ; les Bêtes étaient les vampires les plus nuls de toute l'école.

— La rumeur veut que tu quittes la ville ! dit Garrick d'un ton joyeux.

— Qu'est-ce que ça peut bien te faire ? demanda froidement Ivy.

— Rien, dit Garrick en adressant un sourire à ses acolytes. Rien du tout, répéta-t-il en se retournant précipitamment vers elle, sauf que, quand tu seras partie, les Bêtes règneront enfin sur cette école !

Kyle et Dylan se mirent à rire comme de véritables idiots en attendant que Garrick leur tape dans la main.

— Dans tes rêves, dit Sophia dans sa barbe. Vous n'êtes qu'une bande de pierres tombales incapables de régner sur un lot de cimetière vide.

Garrick fit mine de ne pas l'avoir entendue.

— Donc, euh, avant de partir, pourquoi tu n'écrirais pas un article sur nous pour le *Scribe* ?

Ivy le regarda fixement, mais Garrick soutint son regard.

— T'es pas sérieux ? dit-elle enfin.

Garrick soupira.

— Allez, pleurnicha-t-il. Quand notre nouveau groupe sera célèbre, tu pourras dire que tu me connaissais avant que…

Ivy lui lança son regard de la mort le plus intense pour toute réponse. Elle s'imagina en train de tracer un cercle noir incandescent au centre de son front.

— D'accord, d'accord, mais ne t'attends pas à ce qu'on t'envoie des billets VIP, grogna-t-il enfin avant de repartir d'un pas lourd, les autres Bêtes à sa suite.

— Dégoûtant, ricana Camilla.

— Je ne peux pas croire qu'ils ont formé un groupe! dit Olivia en souriant.

Sophia frappa sur la table avec sa cuillère, comme s'il se fut agi d'un marteau.

— Par la présente, je déclare notre deuxième réunion d'urgence ouverte! annonça-t-elle.

— Deuxième? demanda Brendan. quand a eu lieu la première?

«J'espérais que tu ne poses pas cette question», se dit Ivy.

— Hier, dit-elle, mais c'était réservé aux filles. Maintenant, c'est mixte.

— Très bien, dit Brendan, parce que je ne veux pas rater un seul moment avec toi au cours de la prochaine semaine.

Le cœur d'Ivy se fit lourd; elle prit la main tiède de Brendan dans la sienne.

— Tu étudiais pour ton examen de sciences humaines, expliqua-t-elle.

— Les sciences humaines! s'exclama soudain Sophia. Voilà comment nous allons garder monsieur Vega à Franklin Grove!

— Je ne vois pas comment des devoirs et des examens pourraient lui donner envie de rester, dit Camilla.

Sophia leva les yeux au ciel.

— Mais non, je parle de ce que nous *apprenons* en sciences humaines. Nous venons tout juste de terminer un module sur le mouvement des droits civiques, et nous avons regardé une partie du film *Gandhi.* Il n'y a qu'un moyen de lutter avec succès contre l'injustice flagrante du règne britannique colonial raciste ou du fait d'être forcé à déménager en Europe !

— Et ce moyen, c'est… ? demanda Brendan sans comprendre.

— La résistance passive ! annonça Sophia.

Elle regarda tout autour d'elle, visiblement excitée par sa trouvaille.

— J'aurais dû savoir ça, dit Brendan en se frappant le front. Je vais tellement couler mon examen.

— Comme une grève d'occupation, tu veux dire ? demanda Camilla.

Sophia fit signe que oui.

— Nous nous enchaînerons à la voiture de monsieur Vega et refuserons de bouger jusqu'à ce qu'il change d'idée.

— Ce serait plutôt dramatique, fit remarquer Olivia.

— On pourrait même paraître dans le journal local, dit Camilla en haussant les épaules.

Après sa récente entrevue à la télévision nationale avec Serena Star, et après tous les articles parus dans les journaux et les revues au sujet d'Olivia et elle, les fameuses jumelles retrouvées, Ivy avait eu assez d'attention médiatique pour une éternité.

— Je ne sais pas trop, dit-elle, hésitante. On manquerait tous nos examens.

— On pourrait le faire après les examens, alors, répondit Sophia. Tant qu'on commence avant la journée du déménagement, ça devrait marcher.

— Qu'est-ce qu'on va manger? demanda Brendan.

— On apportera de la nourriture, répondit Sophia.

— Et si on manque de nourriture? demanda Olivia.

— Eh bien, on fera la grève de la faim, répliqua Sophia d'un ton pragmatique tout en agitant sa fourchette en l'air. C'est ce que Gandhi a fait.

— Il commence à faire plutôt froid dehors, dit Olivia en fronçant le nez.

Sophia sentait son élan se retourner contre elle.

— Allez, ça peut marcher !

Elle agita sa fourchette dans tous les sens.

— L'histoire est de notre côté !

Ivy savait à quel point Sophia pouvait être tenace lorsqu'elle avait une idée en tête. Elle n'en démordrait pas, pas plus qu'une chauve-souris ne lâcherait son perchoir — rien ne pourrait la faire reculer.

— J'ai une idée, dit Ivy. La résistance passive pourrait constituer notre dernier recours. Si, dans une semaine, nous n'avons pas été capables de convaincre mon père, nous enclencherons la révolution. C'est d'accord ?

— C'est d'accord, répétèrent-ils à l'unisson, la voix de Sophia s'élevant au-dessus des autres.

— J'ai une idée ! lâcha soudainement Camilla. Avez-vous vu ce vieux film dans lequel des jumelles échangent de place ?

Olivia secoua la tête.

— Ivy et moi n'avons pas besoin de voir ce film !

— C'est notre vie! consentit Ivy en souriant.

Il est vrai que les sœurs avaient échangé de place plusieurs fois depuis qu'elles s'étaient rencontrées. Sophia avait même pris quelques photos d'Ivy portant l'uniforme d'Olivia lors d'une pratique de meneuses de claques, ce qui donnait envie à Ivy d'être enterrée vivante.

— Oui, mais je pense à une partie du film en particulier, continua Camilla. Afin de ne plus jamais être séparées, les sœurs doivent s'arranger pour que leurs parents reviennent ensemble. Ils doivent les faire retomber en amour.

Le visage d'Olivia s'illumina, mais Ivy fronça les sourcils.

— Ça ne fonctionnera pas, dit-elle. Notre mère n'est plus là.

— Attends une minute, l'interrompit Olivia. Je crois que Camilla est sur une bonne piste. Nous n'avons peut-être plus notre mère, mais il y a des tonnes de femmes célibataires, ici, à Franklin Grove; nous pourrions organiser une rencontre.

Sophia ferma un œil et fit la moue. Puis, elle le rouvrit et secoua vivement la tête.

— Non, ça ne me dit rien, dit-elle. Je connais monsieur Vega depuis toujours et je ne l'ai jamais vu sortir avec qui que ce soit.

— C'est parce qu'il est timide ! dit Ivy, surprise d'être à ce point sur la défensive. Il pourrait avoir une copine s'il le voulait.

— Pourquoi pas Georgia Huntington ? suggéra Olivia. La femme de… la revue.

Ivy comprit que sa sœur tentait de faire preuve de discrétion à cause de Camilla — Georgia était effectivement l'exubérante éditrice de la revue *Vamp*.

— Je ne crois pas que ça marcherait, dit Brendan avec scepticisme.

Ivy hocha la tête en signe d'approbation ; tous les vampires de l'Amérique savaient que Georgia Huntington entretenait une relation tumultueuse avec la vedette d'un célèbre feuilleton télévisé.

— Nous devons trouver quelqu'un de *parfait*, dit Ivy. C'est notre père, après tout.

En fait, Ivy avait toujours pensé que la femme parfaite pourrait aider son père à se détendre un peu.

— Dans ce cas, sommes-nous d'accord pour dire que la seule chose qui pourrait être plus mortelle qu'un poste mortel serait une romance mortelle ? dit Sophia.

— Oui ! répondirent-ils à l'unisson.

Brendan caressa doucement le pied d'Ivy sous la table ; si elle avait été un lapin, elle aurait rougi.

C'est à ce moment que la cloche annonça la fin de l'heure du déjeuner.

— La deuxième réunion d'urgence est maintenant levée, déclara Sophia tandis que les autres ramassaient déjà leurs plateaux. Allons trouver mademoiselle parfaite pour monsieur Vega !

★ ★

Ivy passa le reste de la journée à passer mentalement en revue des femmes qui auraient pu constituer un bon parti pour son père. Elle en fit une liste à la dernière page de son cahier de notes, là où elle notait habituellement ses idées pour le journal de l'école.

Valencia Deborg de la Table ronde des vampires ? Trop froide.

La femme de l'agence d'adoption ? Trop criarde.

Marie, la fleuriste spécialisée en fleurs mortes ? Trop bizarre.

La liste s'allongeait de plus en plus, mais Ivy ne trouvait personne d'assez bien pour son père.

Olivia devait rencontrer son groupe d'étude d'algèbre, après l'école, afin de se préparer en vue de ses examens de mi-session. Ivy, quant à elle, se rendit chez Brendan dès la fin des cours. La porte s'ouvrit au moment même où elle toucha la sonnette.

— Il ne faut pas qu'il te voie! chuchota Bethany, la petite sœur de Brendan, d'un ton paniqué.

La petite, qui portait d'énormes verres fumés de style aviateur, entraîna rapidement Ivy à l'intérieur. Elle courut vers la fenêtre, tira le rideau et jeta un coup d'œil furtif vers la rue.

— Qui? demanda Ivy.

— Le chasseur de vampires! répondit Bethany.

Ivy enleva son manteau et l'accrocha près de la porte.

— T'es sérieuse? demanda Ivy.

— PAS UN GESTE, POURRITURE DE VAMPIRE! ordonna une voix.

Le cœur d'Ivy fit un bond, puis elle se retourna pour découvrir Brendan, debout dans le cadre de porte menant vers la cuisine, vêtu d'un imperméable et d'un casque jaune. Il tenait un fouet à œufs dans une main et riait comme un vrai fou.

— AHHHHHHHHHHHHHHHHHH! cria Bethany avant de se mettre à courir dans le salon.

Brendan entra dans la salle à pas de zombies, les jambes bien droites.

— Bethany, je te prie de prendre ta voix de hurlements d'intérieur, lança madame Daniels à partir de la cuisine.

Cet avertissement n'eut toutefois aucun effet.

Ivy ne put s'empêcher de sourire lorsque Brendan s'approcha d'elle à pas lourds.

— N'as-tu pas peur du chasseur de vampires? demanda-t-il, les yeux exorbités.

— Non, répondit Ivy en secouant la tête.

— Pourquoi pas? insista le chasseur de vampires.

— Parce que je crois qu'il m'aime, répondit Ivy avec coquetterie.

« Tu vas tellement me manquer », se dit-elle.

Brendan toucha tendrement son bras.

— Éloigne-toi d'Ivy! hurla Bethany.

Elle fonça sur lui et lui donna un gros coup de pied sur la jambe.

— Aïe! cria Brendan.

Bethany sauta sur son dos.

— Espèce de gros méchant chasseur de vampires! hurla-t-elle.

Brendan fit un clin d'œil à Ivy et lâcha un énorme rugissement. Sa sœur et lui tombèrent à la renverse et se mirent à lutter. Bethany s'amusait à sauter sur le dos de son frère en riant et en hurlant, tandis que ce dernier grognait en essayant de saisir le pied d'Ivy. Ivy éloigna la main de Brendan d'un léger coup de pied, histoire de plaisanter.

— Ne te laisse pas faire, Bethany! lança-t-elle.

Monsieur Daniels fit soudainement son entrée.

— Eurêka! cria-t-il, sa crinière grise d'Einstein pointant dans toutes les directions. C'est l'heure de célébrer! Je viens de faire une découverte capitale!

Brendan et Bethany se redressèrent.

Madame Daniels, vêtue d'un tablier, sortit en toute hâte de la cuisine.

— Marc ! Calme-toi ! gronda-t-elle.
Nous avons une invitée.

Elle jeta un regard entendu vers Ivy, qui
se trouvait tout près du divan.

Monsieur Daniels dirigea son regard
vers cette dernière.

— Ivy ! C'est Ivy !

Il sautilla vers elle et lui fit un câlin
enthousiaste.

— Euh, bonjour Monsieur Daniels, dit
Ivy d'un ton gêné, les bras coincés le long de
son corps. Comment allez-vous ?

— La question est plutôt *comment es-tu* !
lui dit-il en la relâchant. Comment es-tu
une vampire, expliqua-t-il en agitant ses
mains dans les airs, tout excité, tandis que
ta jumelle est une humaine ?

Il se gonfla le torse.

— Eh bien, Ivy, aujourd'hui, j'ai trouvé
la réponse à cette question !

Olivia se fraya un chemin au Bœuf et bonjour ; elle aperçut sa sœur, déjà installée
dans leur banquette habituelle, à l'arrière
de l'établissement. Ivy l'avait appelée sur
son cellulaire au beau milieu de sa période

d'étude pour lui dire qu'elle devait la voir de toute urgence. Elle avait refusé d'entendre un «non».

Lorsqu'Olivia rejoignit sa sœur, cette dernière bondit hors de la banquette et lui fit un câlin.

— Mon père vient me chercher ici dans environ 15 minutes, dit Ivy, alors, on n'a pas beaucoup de temps.

Elles s'installèrent face à face dans la banquette.

— Laisse-moi deviner, dit Olivia, tu as trouvé la madame Vega parfaite ?

— Encore mieux, dit Ivy. J'ai trouvé l'explication parfaite pour *nous* — ou plutôt, monsieur Daniels l'a trouvée. Il a découvert comment il est possible pour toi d'être une humaine et pour moi d'être une tu-sais-quoi.

Le cœur d'Olivia fit un bond.

— Vraiment ? s'exclama-t-elle. Qu'est-ce qu'il a dit ?

— Depuis que nous sommes allées au laboratoire de V-Gen, expliqua Ivy, monsieur Daniels a effectué une tonne d'analyses sur les échantillons qu'il nous a prélevés.

— Nos mèches de cheveux et tout ça ? demanda Olivia en songeant à toutes les machines bizarres auxquelles elle avait été attachée.

— Exactement, confirma Ivy. En tout cas, tu te souviens qu'il avait dit qu'il n'aurait aucun résultat avant plusieurs mois ?

Olivia fit signe que oui.

— Eh bien, il a fait une percée beaucoup plus rapidement que ce à quoi il s'attendait !

— Et cette percée consiste en… ? demanda Olivia avec impatience.

— C'est difficile à expliquer, répondit Ivy avec une grimace. Tu connais le père de Brendan.

— Ivy ! supplia Olivia.

— D'accord, dit Ivy. Je vais faire de mon mieux.

Elle jeta un coup d'œil sur la table et saisit la salière et la poivrière qui se trouvaient à côté du support à serviettes.

— Disons que ce sel est ton ADN, dit-elle en en saupoudrant une petite quantité sur la table.

Puis, elle fit une petite pile de poivre à côté de la pile de sel.

— Et disons que ce poivre est le mien.

— Oh mon Dieu ! s'exclama une voix enjouée. Je vous reconnais ! Vous êtes les jumelles !

Olivia leva les yeux et vit une serveuse au teint pâle, vêtue d'un tablier de boucher, s'approcher d'elles en souriant. Elle était grande et mince, et ses longs cheveux noirs étaient ramassés en une queue de cheval.

— Je m'appelle Alice Bantam.

Comme Ivy semblait mal à l'aise, Olivia sourit et répondit :

— Enchantée.

— Oh, je ne veux pas vous déranger, déballa Alice. Je voulais simplement savoir si vous vouliez commander quelque chose.

Elle fit un sourire plein d'espoir à Olivia.

— Oh oui, s'il vous plaît, répondit Olivia. J'aimerais un smoothie aux fraises sucrées.

— Et je vais prendre un frappé aux framboises sanglantes, ajouta Ivy.

— Je reviens tout de suite, dit Alice avec un clin d'œil.

Ivy se pencha vers Olivia.

— Je crois bien qu'elle est nouvelle, chuchota-t-elle. Peu importe, reprit-elle, le sel et le poivre ne peuvent se mélanger.

— C'est clair que tu n'as jamais fait de soupe, dit Olivia.

Ivy leva les yeux au ciel.

— C'est une *métaphore*, Olivia. L'ADN des humains n'est pas compatible avec celui des vampires. C'est pourquoi les deux espèces ne peuvent habituellement pas se reproduire.

— Ah, d'accord, dit Olivia, gênée.

— Monsieur Daniels m'a dit que, d'après les analyses effectuées chez V-Gen, je n'ai aucune trace d'ADN humain et que tu n'as aucune trace d'ADN vampire. Il ne comprenait pas comment cela pouvait être possible, jusqu'à ce qu'il se souvienne de ce qui nous rend si spéciales.

— Notre charme incroyable ? blagua Olivia.

Ivy sourit et secoua la tête.

— Le fait que nous sommes de *vraies jumelles*, dit-elle, ce qui signifie que nous avons commencé dans le même embryon.

— Et alors ? demanda Olivia en haussant les épaules.

— Alors, monsieur Daniels croit que les cellules de l'embryon se sont polarisées. Toutes les cellules vampiriques sont allées d'un côté, dit Ivy en utilisant le dos de son couteau pour éloigner le sel du poivre, et toutes les cellules humaines sont allées de l'autre.

Tout d'un coup, Olivia comprit.

— Et ensuite, l'embryon s'est divisé en deux bébés! s'exclama-t-elle.

— Un vampire et un humain, déclara Ivy d'un ton triomphant. Monsieur Daniels dit que les probabilités sont d'environ 1 sur 1 000 000 000!

Le cœur d'Olivia fit trois tours.

«Nous ne sommes pas une erreur, songea-t-elle, nous sommes un miracle!»

C'est à ce moment qu'Alice revint avec leurs boissons. Olivia et Ivy attendirent qu'elle s'éloigne avant de trinquer et de porter un toast.

— À nous!

— Tu aurais dû voir monsieur Daniels, continua Ivy tandis qu'Olivia sirotait son smoothie. Il était si excité! Lorsque je l'ai remercié d'avoir décortiqué tout ça, il a dit que c'est *lui* qui devrait nous remercier. Il veut que son prochain livre porte sur nous!

— Serena Star, les journaux de Franklin Grove, la revue *Vamp* et maintenant, un livre, dit Olivia avec émerveillement. On devrait s'engager un impresario!

— Tu as bien raison!

Ivy sourit et leva les yeux au ciel. Olivia savait qu'Ivy avait toujours détesté être sous les feux des projecteurs, mais, peu importe ce que sa sœur disait, Olivia soupçonnait qu'elle commençait à apprécier un peu toute cette attention.

Tout d'un coup, le visage d'Ivy se crispa.

— Mon père arrive, dit-elle.

Elle se pencha et avala le reste de sa boisson frappée ensanglantée en une énorme gorgée. Olivia fixait la mousse rose de son smoothie.

— Bonjour, dit monsieur Vega.

— Salut! répondirent Olivia et Ivy à l'unisson.

— Es-tu prête à partir, Ivy? demanda monsieur Vega, ignorant totalement Olivia.

Tout d'un coup, la vague de joie qu'Olivia avait ressentie en apprenant la nouvelle d'Ivy s'envola. Elle se sentait comme si elle venait de réaliser un magnifique saut périlleux pour se rendre compte, à la dernière minute, qu'il n'y avait personne pour la rattraper au sol. Que lui importait de savoir comment elle était arrivée en ce monde si son propre père refusait de reconnaître son existence?

Elle mourait d'envie de lui demander pourquoi il se fichait d'elle à ce point, mais ce n'était ni le moment ni l'endroit pour le faire. Elle se contenta donc d'envoyer mollement la main à Alice.

— L'addition, s'il vous plaît.

Olivia, Ivy et monsieur Vega attendirent en silence.

Après une minute, Alice revint avec l'addition et la déposa sur la table.

— Voilà! dit-elle. Et merci beaucoup, ce fut un véritable plaisir de vous servir. Vous dégagez une énergie bien particulière, vous savez?

Alice se retourna pour s'éloigner, mais monsieur Vega se racla la gorge.

— Pardon, dit-il.

Alice se retourna vers lui.

— Oui?

— Est-ce que je vous connais? dit-il. Je suis presque certain de vous avoir déjà rencontrée.

Olivia n'en croyait pas ses oreilles.

«On dirait bien qu'il essaie de la draguer!» se dit-elle.

Alice plissa les lèvres et roula les yeux comme si elle essayait de regarder dans sa propre tête.

— Non, dit-elle après quelques secondes de réflexion. Je ne crois pas... UNE MINUTE! Avez-vous déjà assisté aux réceptions du Musée des beaux-arts?

Un sourire illumina le visage de monsieur Vega — un vrai sourire, pas l'un de ceux à lèvres crispées qu'Olivia avait appris à reconnaître.

— Bien sûr! Nous nous sommes rencontrés à l'ouverture de la dernière exposition, dit-il. Vous êtes l'artiste qui sculpte.

— C'est en plein moi! dit Alice. C'est la première fois que je me fais reconnaître, souffla-t-elle aux filles du bout des lèvres.

Olivia et Ivy fixèrent leur regard sur Alice et leur père. Elles étaient bouche bée.

— J'ai toujours éprouvé une grande passion pour notre petit musée, dit-il. Je me souviens très bien de l'une de vos œuvres — le clown à huit jambes.

— En fait, c'était un mime, corrigea Alice en souriant.

Olivia donna un coup de pied à Ivy sous la table.

«C'est la bonne!» songea-t-elle.

— Olivia et moi devons aller aux toilettes, lança Ivy.

Olivia plongea rapidement la main dans son sac à main et en ressortit un billet de cinq dollars.

— Merci beaucoup, Alice, dit-elle en déposant le billet sur la table. Gardez la monnaie.

— Merci, dit Alice.

— Papa, on se rejoint dans l'auto, lança Ivy par-dessus son épaule tandis qu'elle rejoignait Olivia à la course.

Aussitôt qu'elles furent entrées dans la salle de bain, Olivia regarda minutieusement sous les portes des cabinets afin de s'assurer qu'elles étaient seules.

— Est-ce que tu penses qu'elle est… tu sais, dit Olivia, l'une des vôtres ?

— Elle travaille dans l'un de nos établissements et elle porte du vernis à ongles noir, répondit Ivy. Alors, oui !

— C'est parfait ! déclara Olivia. Elle est artiste…

— Et il est artistique ! termina Ivy, émerveillée.

— Je sais ! renchérit Olivia d'une voix aiguë. Et on dirait même qu'il *aime* son art !

— Invitons-la à dîner, proposa rapidement Ivy.

— Est-ce qu'on peut faire ça ? demanda Olivia.

Elle n'obtint toutefois aucune réponse, sa sœur ayant déjà franchi la porte.

Elles longèrent le corridor à pas de loup et jetèrent un coup d'œil furtif dans la salle à manger afin de voir si monsieur Vega s'y trouvait toujours.

— Il est parti, chuchota Ivy.

Elles se dirigèrent alors directement vers Alice, qui se tenait à côté de la caisse enregistreuse.

— Bonjour, Alice ! dirent-elles à l'unisson.

— Rebonjour, répondit-elle.

— Je suis Ivy, et elle, c'est Olivia. Le monsieur à qui tu as parlé — c'est mon père.

— Ah oui ? dit Alice, le regard pétillant. Il a l'air si jeune !

— Il est veuf, expliqua Olivia.

— Est-ce que tu aimerais venir chez nous demain soir ? offrit Ivy. Vous pourriez discuter…

— D'art ? suggéra Olivia.

— Est-ce que vous essayez de me faire voler, là ? demanda Alice, le regard inquiet, tandis qu'elle faisait tourner sa queue de cheval dans sa main.

« Ah non, se dit Olivia. On en met trop. »
Un sourire illumina le visage d'Alice.
— Parce que *j'adorerais* ça !

CHAPITRE 4

Le lendemain, à l'heure du déjeuner, Olivia se trouvait dans la cafétéria, promenant son regard tout autour d'elle à la recherche de ses amis. Elle aperçut soudainement Camilla et Sophia, assises à une table près des fenêtres, penchées vers l'avant et discutant intensément.

« On dirait qu'elles sont encore en train de comploter ! » se dit Olivia, reconnaissante de voir que ses amies prenaient le déménagement d'Ivy aussi au sérieux.

— Je crois, dit Camilla d'une voix forte à Sophia tandis qu'Olivia s'approchait, que le *Scribe* devrait publier plus d'éditoriaux.

— Je ne suis pas d'accord, répliqua Sophia. Je crois que deux, c'est amplement suffisant. Ah, salut Olivia.

— Hé, répondit-elle en déposant son cabaret.

« Bon, elles ne sont pas obligées de comploter *tout* le temps », se dit-elle.

Camilla regarda sa montre.

— Je dois y aller, dit-elle. J'ai une session d'étude de prévue pour mon cours de français.

— Moi aussi ! dit Sophia. Je dois, euh... je dois aller travailler sur un projet pour mon examen d'art.

— Ah oui ? dit Olivia, déçue de se retrouver seule à peine quelques secondes après son arrivée. Qu'est-ce que tu fais ?

— Quoi ? dit Sophia.

— Le projet sur lequel tu travailles pour ton examen d'art, il porte sur quoi ? explicita Olivia.

— C'est une toile... je veux dire une photo. C'est une toile d'une photo ? dit Sophia comme si elle n'en était pas certaine elle-même.

— Tu essaies encore de te décider, hein ? dit Olivia. Je comprends ça.

— Exactement ! dit Sophia en ramassant son cabaret. À plus, Olivia.

Cette dernière commença alors à manger son yogourt aux fraises. Elle venait tout juste de sortir son livre d'algèbre, histoire d'étudier un peu, lorsque Charlotte fit son apparition, Katie et Allison sur ses talons.

— Tu es toute seule, gémit Charlotte, la lèvre inférieure ressortie dans une moue exagérée.

— C'est tellement triste! dirent Katie et Allison.

Olivia s'émerveilla de leur capacité à parler de façon si coordonnée.

— Tu sais que tu pourrais toujours t'asseoir avec nous, Olivia, offrit Charlotte. Nous, les meneuses de claques, on doit se serrer les coudes, n'est-ce pas?

— Totalement, dit Katie.

— C'est sûr, renchérit Allison.

— J'imagine que oui, dit Olivia après un moment.

— Génial! poussa Charlotte d'un ton aigu. Alors, tu vas signer notre pétition?

Katie déposa une feuille de papier remplie de signatures à côté du cabaret d'Olivia, tandis qu'Allison déposait délicatement un stylo rose par-dessus.

— Une pétition pour quoi? demanda Olivia.

— Nous voulons bannir le port du noir à l'école pendant le mois de décembre, expliqua Charlotte.

— Pardon? dit Olivia en haussant les sourcils.

— Le noir, ça fait tellement « anti-esprit des fêtes », expliqua Katie d'un ton sérieux.

— Qui plus est, ça rend tout le monde déprimé pendant la période des examens! ajouta Allison.

Olivia jeta un coup d'œil sous la table.

— Et tes chaussures? dit-elle en désignant les mocassins noirs à talons hauts de Charlotte.

Katie et Allison poussèrent un petit cri dramatique.

— Les chaussures ne comptent pas, lança Charlotte.

— Vraiment? dit Olivia en scrutant la feuille de papier qui se trouvait à côté de son cabaret. Est-ce que c'est mentionné dans la pétition? Parce que mes bottes d'hiver préférées sont noires.

Katie et Allison fixèrent leur capitaine comme si elles attendaient le signal pour commencer une routine. Charlotte essayait toujours de trouver une explication lorsqu'Ivy et Brendan arrivèrent avec leurs cabarets et s'installèrent à la table.

— Qu'est-ce que c'est? demanda Brendan en désignant la feuille de papier.

— C'est une pétition pour bannir les chaussures pendant le mois de décembre, répondit Olivia d'un ton neutre.

— C'est pas vrai! cria Charlotte en tapant furieusement du pied.

— Mais qui signerait ça? demanda Ivy.

Le visage de Charlotte devint rouge écarlate.

— LES PERSONNES NORMALES! hurla-t-elle.

Les personnes assises aux tables avoisinantes se retournèrent pour voir ce qui se passait.

— *Calme-toi*, Charlotte! lui chuchota Katie, visiblement gênée.

Charlotte fit un sourire méprisant à Ivy.

— Je serai si heureuse lorsque tu auras déménagé, dit Charlotte d'un ton enragé. Je pourrai enfin avoir un voisin normal plutôt d'un tas de haillons comme toi.

— Tas de haillons, dit Ivy en savourant chaque mot. Je pense que j'aime ça.

Charlotte émit un son étouffé de rage, saisit sa pétition et s'en alla, furibonde, ses amies à sa suite.

— Vous savez ce qu'ils disent ! dit Olivia en éclatant de rire. Si on ne peut entrer dans leur jeu...

— ...alors, il faut les battre ! termina Ivy en souriant.

Olivia et elle se tapèrent dans la main.

— Vous êtes dangereuses, les jumelles, dit Brendan, émerveillé.

— Olivia, dit Ivy, je disais justement à Brendan que la prochaine phase de notre plan était en cours.

— Tu parles de l'opération ACDIDE ? dit Olivia.

Sa sœur cligna des yeux, l'air totalement perdu.

— Amis Contre le Déménagement Inutile de Décembre en Europe ! clarifia-t-elle.

Ivy rit.

— Je crois que l'acronyme exact pour ce que tu viens de dire est « ACLDIDDEE », bafouilla Brendan d'un ton sceptique.

Olivia lança une serviette de table en direction de sa tête, mais il la bloqua facilement.

— Alors, tu as demandé la permission à ton père pour inviter Alice à dîner? demanda Olivia.

— Pas exactement, répondit Ivy.

Elle laissa ses cheveux tomber devant son visage, et Olivia comprit tout de suite qu'elle essayait de se cacher.

— J'ai dit à papa que quelqu'un viendrait pour nous aider avec notre projet d'art.

— Quelle sorte d'art exige l'aide d'une serveuse du Bœuf et bonjour, dis-moi? demanda Brendan d'un air incertain.

— La performance artistique? tenta Ivy.

— L'art de l'amour, corrigea Olivia en faisant battre ses cils.

— Brendan, dit Ivy en dégageant ses cheveux de devant son visage, est-ce que tu accepterais de jouer le rôle du serveur? Tu pourrais porter le smoking que tu avais au bal de la Toussaint. Tu avais un look mortel.

Brendan fronça les sourcils.

— Je ne peux pas, dit-il d'un air contrit. J'ai promis à Bethany de l'emmener voir la CSF.

— C'est quoi, la CSF? demanda Olivia.

Ivy jeta un regard par-dessus son épaule pour s'assurer que personne ne puisse l'entendre.

— La chauve-souris des Fêtes, chuchota-t-elle.

Olivia regarda sa sœur d'un air ébahi.

— Les enfants humains croient que le père Noël descend dans la cheminée, par magie, pour leur laisser des cadeaux à la veille de Noël, n'est-ce pas ? demanda Ivy.

Olivia fit signe que oui.

— Eh bien, nous n'avons pas de père Noël ; nous avons la CSF.

— Je me souviens qu'un hiver, une chauve-souris est sortie de la cheminée chez mes parents, se remémora Olivia. Mon père l'a chassée à l'aide d'une raquette de tennis.

— Mmmmh, dit Brendan. Je parie qu'il a eu des cadeaux pourris cette année-là.

— En fait, je lui ai donné une magnifique cravate, protesta Olivia.

— Mais, est-ce qu'il la porte ? lui demanda Brendan en levant ses épais sourcils et en lui adressant un regard entendu.

« À bien y penser, se dit Olivia, non, il ne la porte pas. »

— Ça suffit, vous deux. La CSF est un mythe.

— Essaie de dire ça à Bethany, dit Brendan. Ça fait des semaines qu'elle me supplie de l'emmener au centre commercial pour qu'elle puisse s'asseoir sur le dos de la CSF et lui dire ce qu'elle veut pour Noël.

— C'est trop mignon! s'écria Olivia. Je veux voir la CSF. Ça sera mon premier Noël en tant que vampire honorifique!

— Chut! siffla Ivy. Tu veux qu'on se fasse transpercer par des pieux ou quoi? Et nous n'allons pas voir la CSF, ajouta-t-elle. Nous sommes trop vieilles.

Olivia commença à protester, mais Ivy l'arrêta.

— Nous avons des choses beaucoup plus importantes à faire pour le moment, comme aller chez moi tout de suite après l'école pour préparer le repas romantique qui va me sauver la vie!

— Ne t'en fais pas pour ce soir, la rassura Olivia. Alice est tellement parfaite que ce sera l'amour fou dès la première bouchée.

Brendan rit, mais Ivy semblait toujours sceptique.

— J'ai bien réussi à vous mettre ensemble, non? leur fit remarquer Olivia.

Brendan et Ivy se regardèrent.

— Le lapin a bien raison, convint-il.

Ivy était accoudée au comptoir de la cuisine et feuilletait frénétiquement le livre de recettes *Le goût de la nuit* de son père tandis qu'Olivia regardait par-dessus son épaule. Elles ne disposaient que de quelques heures avant l'arrivée d'Alice.

— Que penses-tu des tortellinis en sauce rouge ? suggéra Olivia. Ça a l'air bon.

Ivy survola la recette et secoua la tête.

— Nous n'avons pas de sang d'oie, dit-elle.

— Dégueu, rétorqua Olivia à mi-voix.

Ivy trouva une recette de lasagne au bœuf plutôt originale et demanda à Olivia de regarder dans le garde-manger pour voir s'il restait des pâtes à lasagne.

— Beurk ! s'écria Olivia après un moment. Il y a une boîte de Jell-O au sang en poudre ici !

— C'est le préféré de mon père, dit Ivy.

Elle se retourna pour regarder sa sœur.

— Est-ce que tu penses que c'est assez chic pour le dessert ?

— Je sais comment préparer une garniture sucrée à la crème maison, offrit Olivia.

Elle s'approcha et déposa la boîte de pâtes sur le comptoir.

— Parfait, dit Ivy. Maintenant, il ne nous reste plus qu'à trouver une idée pour l'entrée !

— Pourquoi pas une soupe ?

Tandis qu'Ivy feuilletait les premières pages du livre, elle se souvint de leur conversation au Bœuf et bonjour.

— C'est une idée géniale, dit-elle en souriant. Après tout, nous avons déjà du sel et du poivre.

Une heure plus tard, Ivy venait tout juste de mettre la lasagne au four lorsqu'elle entendit la porte d'entrée s'ouvrir.

— Ivy, appela son père, je suis arrivé !

— Dans la cuisine ! répondit-elle.

Lorsqu'il les vit, monsieur Vega laissa tomber sa valise dans un bruit sourd.

« J'ai peine à croire qu'il soit encore si fâché lorsqu'il voit Olivia », songea Ivy.

— Qu'avez-vous fait à ma cuisine ?

— Bonjour, Monsieur Vega, dit Olivia en essuyant maladroitement ses mains sur son tablier, y imprimant des taches rouge vif.

Ivy évalua la situation. Le comptoir était recouvert de pâtes, de sang et de farine et il y avait des bols, des cuillères et des casseroles sales sur toutes les surfaces disponibles. Comme si ce n'était pas suffisant, la casserole d'eau qui se trouvait sur la poêle se mit à déborder au même moment.

La gorge d'Ivy se resserra.

— Olivia et moi travaillons sur notre projet d'art, expliqua-t-elle.

— C'est *ça*, votre projet d'art? fulmina son père.

Ivy fit signe que oui.

— Nous devons faire quelque chose pour quelqu'un d'autre, et nous avons donc décidé de préparer le dîner.

— Je vois… Dans ce cas, je ferais mieux de vous laisser à votre travail, dit-il avec un brin d'hésitation avant de se retourner lentement et de quitter la pièce.

Olivia se racla la gorge.

— Monsieur Vega? C'est censé être un événement un peu spécial, alors vous devriez vous habiller un peu plus chic.

— Quelle sorte d'événement?

— On te revoit dans une heure! interrompit Ivy.

Avant que son père n'ait pu prononcer une parole de plus, elle le fit sortir de la cuisine avec un geste de la main, comme si elle cherchait à chasser une chauve-souris.

★ 🦇 ★

Ivy et Olivia s'affairaient à allumer les chandelles au centre de la table à dîner lorsque le son mélodieux de la sonnette d'entrée résonna dans la maison.

— Les filles, flotta doucement la voix de monsieur Vega, la porte!

Ivy se préparait à aller répondre lorsqu'Olivia saisit son bras.

— Première leçon en amour : l'interaction est la clé de l'attraction, chuchota Olivia.

— Qu'est-ce que ça veut dire? demanda Ivy.

La sonnette se fit entendre à nouveau.

— *Il* devrait aller lui répondre, répondit Olivia.

«Bonne idée!» se dit Ivy.

— PAPA! PEUX-TU RÉPONDRE À LA PORTE S'IL TE PLAÎT? cria-t-elle.

Elle saisit une assiette en laque noir sur la table.

— ICI, NOUS AVONS LES MAINS PLEINES D'ASSIETTES!

Quelques instants plus tard, les pas légers de son père se firent entendre dans l'escalier principal.

Ivy et Olivia jetèrent un coup d'œil dans le hall au moment où leur père arrivait au bas de l'escalier. Il avait lissé ses cheveux et portait des pantalons noirs à fines rayures ainsi qu'une chemise blanche ajustée sous un veston gris.

«C'est parfait!» songea Ivy.

— N'importe quelle femme tomberait totalement en amour avec lui, chuchota Olivia.

— Désolé de vous avoir fait attendre, s'excusa le père d'Ivy en ouvrant la porte. Alice! s'exclama-t-il.

— C'est Charles, n'est-ce pas? répondit-elle. Comme le prince?

Le père d'Ivy était muet d'étonnement.

«Invite-la à entrer», priait silencieusement Ivy.

— Entrez, je vous en prie, dit son père.

— Merci! répondit Alice en se précipitant dans le hall.

Elle portait une énorme robe en crochet, des jambières argentées par-dessus des collants noirs et un chapeau de trappeur doublé de fausse fourrure noire.

«Elle ressemble à une danseuse de vidéoclips russes», se dit Ivy.

— Elle a un style vestimentaire créatif, chuchota Olivia avec espoir.

Le père d'Ivy se retourna brusquement vers elles, comme s'il les avait entendues. Il fixa Ivy du regard et ses yeux s'écarquillèrent.

«On est mortes!» songea-t-elle.

Mais plutôt que de se cacher, Olivia se fraya un chemin aux côtés de sa sœur et se rendit dans le hall.

— Salut, Alice! dit-elle en souriant.

Ivy lui emboîta rapidement le pas.

— Je te remercie de nous aider avec notre projet d'art!

— Je croyais que j'étais ici pour dîner, dit Alice en faisant la moue.

— C'est exact, dit Olivia. Nous devions créer quelque chose de spécial pour quelqu'un d'autre, alors nous avons décidé de préparer un dîner pour vous et monsieur Vega!

— Et ça, c'est de l'art? demanda Alice, perplexe.

— Vous m'enlevez les mots de la bouche, répondit le père d'Ivy.

— Mon médium habituel, c'est le papier mâché, avoua Alice.

— C'est une performance artistique, dit Ivy, déballant la seule explication qui lui venait à l'esprit.

Les yeux d'Alice s'illuminèrent.

— Oh! J'adore les performances artistiques! Et toi, Charlot?

«Charlot? se dit Ivy. Personne n'appelle mon père Charlot.»

— J'ai déjà peint mon corps tout entier en blanc, continua Alice. Ensuite, je me suis recroquevillée en boule et je me suis accrochée au plafond comme une œuvre d'art. J'ai appelé ça *Les phases de ma lune*.

Le père d'Ivy fit un petit sourire gêné.

Tandis qu'Olivia et elle ouvraient la marche vers la salle à manger, Ivy entendit Alice dire à son père : «Wow, Charlot, ta maison est si énorme et si ultraconservatrice moderne. Tu devrais vraiment songer aux métallisés!»

«C'est bon signe, se dit Ivy. Elle s'intéresse au design d'intérieur.»

Les deux sœurs tirèrent les chaises qui se faisaient face autour de la table en chêne, laquelle était habillée d'une nappe de soie noire parsemée de pétales de roses mortes.

— Il n'y a que deux places! s'exclama leur père, manifestement surpris. Vous ne vous joignez pas à nous?

— Nous ne pouvons pas, dit fermement Ivy.

— Ça irait totalement à l'encontre du but, ajouta Olivia. Vous savez, de notre art.

Ivy se montra très reconnaissante lorsqu'Alice passa à côté de son père pour aller s'asseoir.

— Est-ce que c'est vous qui avez plié ces serviettes de table pour qu'elles ressemblent à des chauves-souris? demanda-t-elle. Les Japonais disent que l'origami est la forme d'art la plus pure qui soit.

— C'est vrai, accorda le père d'Ivy en prenant enfin place à table. C'est une touche charmante.

— Installez-vous confortablement, dit Olivia.

— Nous revenons dans une minute avec notre premier service, ajouta Ivy.

Pendant que sa sœur était occupée à verser la soupe dans des bols en laque noir, Ivy jeta un coup d'œil dans la salle à manger. Alice et son père discutaient de façon amicale. Alice était penchée vers l'avant, son menton reposant sur ses mains et ses yeux fixés sur son père.

« Ça fonctionne ! » se dit-elle.

« Tout se passe à merveille ! » songea Olivia.

Elle pouvait apercevoir, à travers la porte légèrement entrouverte de la salle à manger, la lueur vacillante des chandelles se refléter sur les visages pâles d'Alice et de monsieur Vega, qui dévoraient tous deux leur soupe à la crème de plasma. Tandis qu'elle mangeait, Alice parlait de son travail de serveuse au Bœuf et bonjour, du congélateur à viande tellement énorme qu'on pouvait y entrer « comme dans une cave », de la difficulté de trouver des chaussures confortables (Comment se fait-il que les gens immortels aient mal au dos ?), de la distribution « égale » des pourboires au restaurant, etc.

Monsieur Vega lui souriait et l'écoutait attentivement.

— En tout cas, dit Alice, je crois qu'Ivy et Olivia ont raison à cent pour cent. Le service des aliments est tout un art !

Monsieur Vega continuait de hocher la tête. Il ne dit rien pendant qu'Alice finissait le dernier petit pain.

« Ah non ! se dit Olivia. Un silence. »

Elle se retourna et se heurta directement contre sa sœur, qui avait regardé par-dessus son épaule pendant tout ce temps.

— Pourquoi personne ne parle ? chuchota Ivy.

— Deuxième leçon en amour, répliqua doucement Olivia. Ne jamais laisser durer un moment de gêne.

Elle se précipita vers le comptoir, saisit la bouteille de vin blanc pétillant qui y refroidissait et se faufila dans la salle à manger.

— Alors, dit-elle en remplissant les coupes de vin, vous êtes tous deux impliqués auprès du Musée des beaux-arts de Franklin Grove, n'est-ce pas ? Je n'y suis jamais allée.

— Jamais ? répétèrent Alice et monsieur Vega à l'unisson.

— Olivia, tu dois absolument y aller, dit monsieur Vega. C'est un excellent musée, l'un des meilleurs dans cette partie du pays.

— Lorsque Charlot a raison, il a raison, dit Alice en levant sa coupe en l'air avant d'en prendre une gorgée.

— Vraiment ? dit Olivia. Quelle est votre œuvre préférée, monsieur Vega ?

Le regard de ce dernier s'éloigna, comme s'il imaginait que l'œuvre en question se trouvait là, dans la pièce, avec eux.

— Il y a une sculpture au rez-de-chaussée qui me coupe le souffle, dit-il.

— Laquelle ? demanda Alice.

— C'est l'une des dernières œuvres de Carlos van Thacter, un artiste de Transylvanie, répondit monsieur Vega. Un énorme pic en granite s'élève du plancher comme s'il partait du centre de la terre et, ensuite, il se plie avec grâce, presque comme un brin d'herbe. Pour moi, cette œuvre représente la lutte entre le naturel et l'artificiel.

— Tu parles de cette grosse chose noire à côté des ascenseurs ? dit Alice. Je l'ai toujours trouvée froide et ennuyeuse.

— Froide et ennuyeuse ? répéta monsieur Vega. Eh bien, ce n'est peut-être pas l'un de ces collages de bandes dessinées du premier étage que tout le monde semble…

— C'est mon amie Marie qui les a créés, interrompit Alice.

Olivia se faufila dans la cuisine.

— Pourquoi se disputent-ils ? somma Ivy.

— Ils ne se disputent pas, dit Olivia, bien qu'elle n'en soit pas tout à fait certaine. Ils ont simplement un débat intellectuel.

— Eh bien, il faut que tu les arrêtes !

— Mais que veux-tu que je fasse ? demanda Olivia.

— Va chercher leurs assiettes et fais-leur changer de sujet, commanda Ivy en poussant sa sœur vers la porte.

Olivia faillit foncer directement dans le dossier de la chaise de son père.

— Est-ce que je peux vous débarrasser ? haleta-t-elle en désignant le bol de ce dernier. Alors, Alice, dit-elle en cherchant un sujet de conversation neutre, depuis combien de temps habites-tu à Franklin Grove ?

— Ça fait trois ans et demi, dit Alice. J'habitais à Paris avant. J'adore l'Europe !

Olivia ne put s'empêcher de grimacer. Une casserole tomba avec fracas dans la cuisine.

— Ce n'est rien ! poussa Ivy.

— Ah oui ? dit monsieur Vega à Alice, manifestement intéressé à en savoir davantage.

Ils passèrent la suite du repas à discuter de l'Europe, ne s'arrêtant que pour faire l'éloge de la lasagne d'Ivy. Dans la cuisine, Olivia fouettait de la crème avec du sucre et de la vanille dans un bol en céramique tout en chantonnant à voix basse.

— Ça va bien, ça va bien, ça va bien, ça va bien, ça va bien…

— Veux-tu, s'il te plaît, arrêter de dire ça ? dit Ivy d'une voix éteinte.

— Mais c'est vrai, répondit Olivia, qui était fermement décidée à demeurer optimiste.

— Si le but de cette soirée était de convaincre notre père de ne *pas* déménager en Europe, dit Ivy, explique-moi comment ça pourrait bien aller alors qu'ils passent leur temps à parler de l'Europe ?

— Parce que ça démontre justement qu'ils ont des points en commun, répondit Olivia.

« S'ils s'apprécient, se dit-elle, il restera. Il doit rester ! »

Après avoir débarrassé les assiettes du repas principale, Olivia se prépara à servir le dessert.

— Troisième leçon en amour, déclara-t-elle, mettre en place une ambiance propice.

Elle abaissa l'intensité des lumières de la salle à manger et alluma la radio, choisissant une chaîne classique où l'on pouvait entendre la douce mélodie d'une harpe. Elle apporta un grand bol de raisins ainsi que deux coupes de Jell-O au sang garnies de sa crème fouettée spéciale.

— Le dessert est servi, dit-elle doucement en déposant délicatement le tout sur la table.

— Vous vous êtes vraiment surpassées, mesdemoiselles, dit monsieur Vega, qui semblait véritablement impressionné.

Il prit une bouchée et ses yeux s'illuminèrent.

— Cette garniture, dit-il, c'est de la crème avec du sucre et de la vanille, n'est-ce pas?

— Je l'ai faite moi-même, répondit fièrement Olivia.

Monsieur Vega jeta un regard nostalgique à son plat.

— Je connaissais quelqu'un qui aurait adoré une garniture sucrée comme celle-ci. Ça fait des années que je n'ai rien mangé de la sorte, poursuivit-il avec un sourire chagriné. Merci.

— Profitez bien de votre dessert, chuchota Olivia.

Elle savait, au fond de son cœur, que c'était de sa mère dont il avait parlé.

Elle inspira profondément et entra dans la cuisine.

— Comment ça se déroule? demanda Ivy.

— Ils sont en train de tomber totalement amoureux, dit Olivia, tentant de se convaincre elle-même. C'est sûr qu'il ne voudra plus déménager maintenant.

Soudainement, un énorme fracas se fit entendre dans la salle à manger. Olivia et Ivy se regardèrent et s'y précipitèrent.

Monsieur Vega était debout, derrière Alice, ses bras enveloppés autour d'elle comme pour lui faire un énorme câlin. On aurait dit que les yeux de cette dernière allaient sortir de leurs orbites.

«Est-ce que c'est un genre de rituel de câlin vampire?» se demanda Olivia.

Monsieur Vega resserra son emprise et Alice émit un faible son qui culmina dans un «pop». Un petit orbe violet de la taille d'une bille fut propulsé hors de la bouche d'Alice et s'écrasa contre le mur situé derrière Olivia.

Alice inspira profondément.

— Si j'étais humaine, tu m'aurais sauvé la vie! dit-elle.

Elle se retourna et jeta ses bras autour du cou de monsieur Vega.

Ce dernier regarda Ivy et Olivia par-dessus son épaule.

— Alice s'est étouffée avec un raisin, expliqua-t-il.

— Est-ce que ça va? s'exclama Olivia.

— Nous n'aurions jamais dû servir de raisins, lança Ivy.

— Non, non, dit Alice.

Elle déplaça monsieur Vega avec difficulté, les bras toujours enlacés autour de son cou. Maintenant, c'était elle qui les regardait par-dessus l'épaule de leur père.

— Je ne suis pas fâchée, dit-elle avec un sourire ravi. Cet homme est mon héros!

Olivia et sa sœur se regardèrent, bouche bée.

«Nous avons réussi!» se dirent-elles.

★ ★

Une demi-heure plus tard, les jumelles espionnaient toujours Alice et leur père depuis le coin de l'entrée.

— Merci, Charlot, roucoula Alice. J'ai passé une très belle soirée. Tu as des bras très forts, tu sais.

— Ce fut vraiment une soirée marquante, répondit monsieur Vega.

— Nous pourrions peut-être aller au musée ensemble, un de ces jours ; je pourrais t'apprendre deux ou trois choses sur l'art, suggéra Alice.

Monsieur Vega lui adressa l'un de ses sourires à lèvres pincées et Alice s'approcha de lui.

« Embrasse-la ! voulait lui crier Olivia. Embrasse-la ! »

Il n'en fit rien et poussa plutôt doucement Alice vers la porte. Voyant cela, Ivy se laissa tomber sur le sol en signe de défaite.

Monsieur Vega se retourna vers la cachette des filles.

— Vous pouvez sortir, maintenant.

« Ah non », se dit Olivia.

Elle reconnaissait ce ton de voix. C'était celui qu'utilisaient ses parents lorsqu'ils voulaient lui signaler qu'elle allait avoir de gros ennuis.

— Merci d'avoir participé à notre projet d'art, Monsieur Vega, dit Olivia avec espoir

pendant qu'Ivy et elle sortaient tranquille-
ment de leur cachette.

Il s'approcha d'elles.

— Si ceci était un projet d'art, dit-il,
alors, vous méritez un A. La soirée fut créa-
tive, inattendue et mémorable. Et honnête-
ment, Ivy, la lasagne était superbe.

— Merci, papa, dit Ivy.

— Mais en tant que rendez-vous,
soupira-t-il, ce fut un échec. Même sans la
manœuvre de Heimlich.

Il leur lança un regard sévère.

— Ce n'était pas un projet d'art, n'est-ce
pas ?

Olivia et Ivy firent signe que non.

— Alice est une personne charmante
et une artiste talentueuse, mais je suis par-
faitement capable de faire mes propres rencontres. De toute manière, il est inutile de
commencer une relation maintenant que
nous sommes sur le point de déménager.

— Mais c'est exactement pourquoi…
commença Ivy, mais Olivia lui lança un
regard qui la fit renoncer à son explication.

« Ça ne sert à rien », songea Olivia avec
tristesse.

— Olivia, je vais te reconduire chez toi,
dit monsieur Vega.

La conversation était visiblement terminée.

Pendant tout le trajet, Olivia regarda droit devant elle, repensant à l'échec total de son plan. Elle pouvait entendre monsieur Vega pousser des soupirs de temps à autre tandis que les réverbères illuminaient son pâle visage.

« C'est vraiment trop mortel », se dit-elle, n'accordant pas à ce terme le sens positif que lui attribuaient normalement les vampires.

CHAPITRE 5

Le lendemain, à l'heure du déjeuner, Olivia déposa lourdement son cabaret et s'affala sur sa chaise.

Brendan la regard, soupçonneux.

— Une minute, dit-il en promenant son regard entre les deux sœurs. Avez-vous encore fait un échange ?

— Non, Brendan, dit Ivy en levant les yeux au ciel.

— Il a raison, dit Sophia en scrutant le visage d'Olivia. La vraie Olivia ne bouderait jamais comme ça.

Ivy cligna des yeux avec frustration.

— Ça, c'est la vraie Olivia !

Elle agita une main aux ongles noirs devant le visage de Sophia.

— Et je suis la vraie Ivy !

— Bien essayé, dit Brendan, toujours sceptique.

— Olivia, veux-tu le leur dire, s'il te plaît? supplia Ivy.

Un sentiment de rage monta dans la poitrine d'Olivia comme une foule qui fait la vague.

— J'AI PAS LE DROIT D'AVOIR UNE MAUVAISE JOURNÉE, MOI? hurla-t-elle.

Tout le monde la fixa, bouche bée.

— Je suis désolée, dit doucement Olivia en fronçant le nez. J'imagine qu'Ivy vous a déjà expliqué à quel point la soirée d'hier a été un échec monumental.

— Ça va, dit gentiment Sophia. Il nous reste toujours l'option de nous enchaîner à la boîte aux lettres d'Ivy.

— C'était un bon plan, insista Olivia. Et si Alice n'est pas la bonne, il doit bien y avoir quelqu'un d'autre à Franklin Grove de qui notre père pourrait tomber amoureux!

Elle cassa une branche de céleri en deux d'un geste violent et Brendan tressaillit.

— On pourrait essayer d'organiser des séances de rencontres express ou une fête pour célibataires? Votre espèce doit bien avoir des sites de rencontre en ligne, non? Il doit sûrement y avoir quelque chose à faire.

— Olivia, dit Ivy en étendant le bras pour prendre délicatement sa main, c'est peine perdue. Même si nous trouvions une déesse vampire, nous n'aurions pas assez de temps pour les faire tomber en amour. De toute façon, papa s'en rendrait compte tout de suite.

Olivia hocha la tête à contrecœur ; elle savait que sa sœur avait raison.

Brendan frappa sur la table avec sa fourchette.

— En tant qu'unique membre mâle de l'opération ACDIDE, annonça-t-il, je décrète officiellement que le plan B est...

— Mort, dirent-ils tous à l'unisson.

— Alors, trouvons un plan C, dit Ivy avec espoir.

« Ce n'est pas moi l'optimiste, d'habitude ? » songea Olivia.

— Pendant que nous cherchons d'autres idées, dit-elle, la gorge soudainement sèche, est-ce qu'on pourrait aussi en trouver une pour me permettre d'échapper à mes plans pour la soirée ?

— Pourquoi ? Qu'est-ce qui se passe ? demanda Ivy.

— Ma mère m'a fait une surprise, dit Olivia en grimaçant, se rendant compte à l'instant qu'elle avait un mal de tête épouvantable. Elle me l'a annoncé ce matin. Nous avons deux billets pour aller assister à une pièce de théâtre.

Ivy était perplexe.

— Mais je croyais que tu adorais le théâtre.

— Oui, répondit Olivia, mais pas lorsque ça inclut des singes volants.

Le simple fait de prononcer les mots «singes volants» lui donna des frissons dans le dos.

— Des singes volants? répéta Ivy en se retournant vers Sophia et Brendan, qui se contentèrent de hausser les épaules. Olivia, as-tu encore bu le VitaVamp de Bethany?

Olivia secoua la tête et poussa un énorme soupir.

— Je vais voir *Wicked*.

— Mais c'est pas comme *Le magicien d'Oz*, ça? demanda Brendan.

— Oui, mais raconté du point de vue de la sorcière, lui répondit Sophia. C'est trop mortel! Ce spectacle est complet depuis des siècles!

— Je *tuerais* pour voir *Wicked*, gémit Ivy.

— Eh bien, je tuerais pour ne *pas* y aller, dit Olivia d'une voix faible. J'ai vu *Le magicien d'Oz* quand j'avais 8 ans et j'en fais encore des cauchemars.

— Quelle sorte de cauchemars ? demanda Sophia.

— Avec cette sorcière, croassa Olivia, et ses singes.

— Tu parles de ces machins ailés déguisés en valets ? ironisa Brendan.

Ivy lui frappa le bras pour lui faire comprendre que sa sœur était sérieuse.

— Mais si ça te donne des cauchemars, pourquoi tu y vas ? demanda-t-elle.

— Parce que ma mère est convaincue que ça va m'aider, expliqua Olivia. Elle se sent encore coupable de m'avoir laissée regarder ce film quand j'étais jeune. Elle pense que, parce que ce spectacle démontre le côté gentil de la sorcière, ça va mettre fin à mes souffrances ou quelque chose du genre.

— Ta mère t'amène voir un spectacle en guise de thérapie ? s'esclaffa Brendan.

— C'est pas drôle ! tempêta Olivia. Je vais vraiment avoir *besoin* d'une thérapie après avoir vu *Wicked*.

— Voyons Olivia, dit Sophia. Tu ne vas pas…

— Je vais CAPOTER ! hurla Olivia comme une hystérique.

Elle pressa ses paumes moites contre la table.

— Cette sorcière et ses singes, répéta-t-elle d'une voix éteinte et terrorisée.

— Tu ne peux pas en parler à ta mère ? demanda Ivy.

Olivia ferma les yeux. Son mal de tête devenait de plus en plus insupportable.

— C'est bien ça le pire. Elle est tellement fière d'avoir trouvé une façon de m'aider à « guérir les blessures de mon enfance », ça lui briserait le cœur si je n'y allais pas.

Elle rouvrit les yeux ; sa tête était sur le point d'exploser.

— Est-ce que quelqu'un pourrait m'aider ? implora-t-elle.

Un sourire se dessina sur le visage d'Ivy.

— Moi, je peux.

La vue d'Olivia s'éclaircit un peu.

— Comment ?

— En échangeant de place avec toi ! annonça Ivy.

Tout d'un coup, le mal de tête d'Olivia s'évapora.

— Tu n'auras qu'à prendre ma place chez moi et à faire des boîtes en vue de mon déménagement, expliqua Ivy, pendant que je ferai semblant d'être toi et que j'irai voir *Wicked*.

— Tu ferais ça? s'exclama Olivia.

— Oui, dit Ivy en poussant un grand soupir, comme si on lui avait demandé un énorme sacrifice. Je serais prête à aller voir un spectacle qui affiche complet et que j'ai toujours voulu voir juste pour aider ma jumelle adorée à éviter de sombrer dans une profonde détresse émotionnelle.

Brendan et Sophia poussèrent un gémissement.

— C'est trop génial d'avoir une vraie jumelle! s'exclama Olivia.

Elle se rendit soudainement compte qu'elle avait soif et qu'elle mourait de faim; elle but son verre d'eau d'un seul trait et enfouit sa branche de céleri dans sa bouche.

— Sans blague, taquina Sophia. C'est dommage que vous ne puissiez pas offrir vos services d'échange à ceux qui ont moins de chance comme nous.

— Ce serait un travail mortel, avoua Ivy.

Un travail mortel. Ces mots restèrent figés dans l'esprit d'Olivia. Tout d'un coup, un déclic se fit.

— C'est ça! dit-elle en avalant son céleri. C'est le plan C. C'est ce qui convaincra ton père de rester à Franklin Grove!

— Un jumeau avec qui échanger de place? devina Brendan.

— Non, dit Olivia. Un poste encore meilleur que celui pour lequel il part.

Les yeux d'Ivy s'écarquillèrent.

— Tu es un génie, déclara-t-elle.

— Je sais, mais j'essaie de ne pas trop m'en vanter, répondit Olivia en riant.

Ivy était déjà debout, empilant sa vaisselle sur son cabaret et ramassant ses livres. Ses acolytes se hâtèrent à faire de même.

À ce moment précis, Camilla arriva dans la cafétéria, sa boîte à lunch dans les mains.

— Vous ne partez pas tous, j'espère? demanda-t-elle.

— Oui, répondit Ivy. Et toi aussi, Camilla.

Elle la prit par le coude et la dirigea vers la sortie.

— Mais où allons-nous? demanda-t-elle.

— Chercher un emploi! répondit Olivia en prenant le bras de son amie.

Deux minutes plus tard, toute la troupe entrait dans la bibliothèque.

— Eh bien, voilà le groupe Anti-Europe, dit mademoiselle Everling en se déplaçant derrière son bureau. Est-ce que votre amie a décidé de rester à Franklin Grove finalement?

— Pas encore, répondit Ivy.

— Dommage...

Mademoiselle Everling frappa le sol avec l'une de ses longues bottes de cuir.

— J'étais persuadée que cette présentation ferait l'affaire.

— Mais nous n'avons pas abandonné, ajouta Sophia d'un ton décidé.

— C'est très bien, dit mademoiselle Everling. Est-ce que je peux vous être utile?

— Avez-vous les petites annonces locales? demanda Brendan.

— Nous avons tous les journaux du comté ainsi que ceux des autres provinces, lui répondit mademoiselle Everling tout en souriant. Direction périodiques! commanda-t-elle.

Quelques instants plus tard, mademoiselle Everling laissait les cinq amis avec le dernier numéro de la *Gazette* de Franklin Grove, grand ouvert au centre de la table.

Camilla était penchée au-dessus du journal et répertoriait tous les emplois disponibles.

— Consultant en construction... vendeur d'assurances... mécanicien d'aspirateur...

— J'imagine que cet emploi aspire à la grandeur, lança Brendan à la blague.

— ...toiletteur de chat... laveur de vitres... entretien ménager... courtier en obligations...

— Il n'y a aucun emploi en design? interrompit Ivy.

Camilla balaya les colonnes des yeux.

— En voici un, dit-elle. Designer de dentiers. C'est quoi, à ton avis?

— Ça me fait penser à une blague, dit Brendan en toussant. Qu'est-ce qui est noir, blanc et rouge et qu'on lit?

— Un vampire qui prend une collation au lit? devina innocemment Camilla.

Le cœur d'Olivia fit un bond, et elle aurait juré que les trois vampires qui se trouvaient autour de la table avaient pâli d'un ton.

— J'allais dire un journal, murmura faiblement Brendan.

Après avoir cherché pendant quelques minutes de plus, Olivia n'eut d'autre choix que de tomber d'accord avec ses amis sur le fait qu'il n'y avait aucun emploi qui convenait pour monsieur Vega.

— Et voilà pour le plan C, dit Ivy en soupirant tandis que la cloche annonçant la fin de l'heure du déjeuner sonnait.

— Heureusement, dit Olivia, il reste encore 23 lettres dans l'alphabet.

★ 🦇 ★

Une fois les cours terminés, Ivy se précipita dans les toilettes du pavillon des sciences afin d'appliquer soigneusement le fard à paupières scintillant d'Olivia. À côté d'elle, sa sœur se vaporisait du blanchisseur *Beauté pâle* sur le visage.

Ivy se balançait d'un pied à l'autre en essayant d'enfiler le jeans délavé d'Olivia. Elles allaient devoir passer toute la nuit dans la peau l'une de l'autre, car *Wicked* allait terminer trop tard pour qu'elles aient le temps de s'évaporer discrètement et de procéder de nouveau à un échange.

— Tu sais que ça va être notre échange le plus délicat jusqu'à présent, dit Olivia en saisissant l'épais crayon pour les yeux d'Ivy.

On va devoir duper nos parents respectifs pendant plusieurs heures.

« Je ne sais pas si je pourrai rester enthousiaste aussi longtemps », se dit Ivy.

— Et si on se faisait démasquer ? demanda-t-elle.

— Eh bien, dit Olivia en faisant cligner dramatiquement ses yeux fraîchement noircis, dis-toi que si tu es privée de sortie pendant un mois, tu ne pourras pas quitter ta maison pour aller en Europe !

— Il y a certaines choses que tu dois savoir si tu veux convaincre mon père que tu es moi, dit Ivy.

Elle se pratiquait à sourire de manière à ce que ses dents paraissent.

— Comme quoi ? demanda Olivia.

— Des choses que tu pourrais trouver difficiles à, euh, *digérer*, dit Ivy.

Elle scruta le visage de sa sœur pour voir sa réaction, mais elle ne sembla pas avoir fait attention au mot qu'elle avait utilisé.

— Fais-moi confiance, rien ne pourrait être pire que d'aller voir des singes volants, dit Olivia.

Elle étira ses lèvres pour appliquer le rouge à lèvres foncé d'Ivy.

— Parfait, dit Ivy.

Elle se retourna et adressa son plus beau sourire à sa sœur.

— Dans ce cas, tu seras contente de savoir que les céréales à base de plaquettes et de guimauves sont tes préférées.

— Beurk! Dégueu! s'écria Olivia.

★ 🦇 ★

Une heure plus tard, Ivy faisait de son mieux pour sautiller de façon enthousiaste jusqu'à la porte de la maison des Abbott. Elle se sentait un peu nerveuse malgré les informations détaillées qu'Olivia lui avait fournies sur la vie dans sa demeure.

«Mets une chauve-souris dans un trou à lapin, se disait-elle, et tôt ou tard, elle va faire battre ses ailes.»

Peu importe, elle allait devoir faire de son mieux. Ça en vaudrait largement la peine pour *Wicked*, et pour sa sœur.

Ivy fit balancer sa queue de cheval, humecta ses lèvres roses, fixa le plus gros sourire qu'elle put sur son visage et sonna à la porte, qui s'ouvrit quelques instants plus tard. La mère d'Olivia, Audrey Abbott, apparut sur le seuil, portant une jupe bleu foncé et des perles.

— Bonjour, maman! dit Ivy.

— Bonjour, Olivia, répondit madame Abbott.

Elle s'étira le cou pour voir ce qui se passait dans la rue.

— Est-ce que ça va?

— Mais oui! chantonna-t-elle. Pourquoi?

— Tu n'as pas tes clés? demanda madame Abbott.

«J'ai sonné à la porte de ma propre maison, se rendit compte Ivy, horrifiée. Et voilà mes ailes de chauve-souris qui se mettent à battre. Flap, flap!»

Ivy se frappa le front avec la paume de sa main.

— J'ai dû l'échapper, dit-elle. Désolée, maman.

— Ce n'est pas grave, ma puce, dit madame Abbott, mais tu ferais mieux de monter te changer. On part dans une demi-heure.

Heureusement, Ivy réussit à se rendre au théâtre et à gagner son siège sans dire ou faire quoi que ce soit d'autre qui aurait pu la démasquer.

Le premier acte de *Wicked* était absolument mortel. Lorsque les lumières se furent allumées pour l'entracte, Ivy ne put se résoudre à quitter la scène des yeux. Les performances, la musique, l'histoire… tout était vraiment spectaculaire. Le nom de la méchante sorcière résonnait dans sa tête.

« Elphaba… Elphaba… Elphaba ! »

— Olivia !

Madame Abbott lui secoua le bras.

— Olivia, est-ce que ça va ma puce ?

— Ce spectacle est mortel, chuchota Ivy, émerveillée.

Madame Abbott fut peinée.

— Tu le détestes ?

Tout d'un coup, Ivy se souvint qu'elle était censée être sa sœur. *Flap, flap !*

— Je veux dire, bafouilla-t-elle, que c'est mortel, mais dans le bon sens du terme. C'est le vocabulaire des jeunes, maman. J'aime trop ce spectacle !

— Ah oui ?

Madame Abbott semblait surprise.

« Pas trop enthousiaste, imbécile, se dit Ivy. C'est censé être une thérapie pour Olivia ! »

— Ce que j'essaie de dire, dit-elle en jetant un regard sincère à la mère d'Olivia, c'est que ça m'aide beaucoup.

— Ah, ma chérie !

Madame Abbott jeta ses bras autour d'elle et lui fit un gros câlin.

— Je suis tellement heureuse de t'entendre dire ça !

Elle recula un peu et toucha la joue d'Ivy.

— Viens, allons te chercher une boisson gazeuse.

Ivy suivit la mère d'Olivia le long de l'allée jusque dans le hall d'entrée.

« C'est vraiment trop génial d'avoir une mère », songea-t-elle.

Tandis qu'elles faisaient la file au casse-croûte, elles écoutaient les gens s'extasier sur la qualité extraordinaire du spectacle. Ivy tentait d'écouter subtilement la conversation qui se déroulait devant elle lorsqu'elle entendit quelqu'un dire : « Nous avons enfin obtenu les fonds pour monter la plus grande exposition d'art de l'histoire du musée ! »

Ivy reconnut Walter Grosvenor, le conservateur du Musée des beaux-arts de Franklin Grove, debout près du bar. Elle l'aurait reconnu n'importe où, avec sa coiffure vampirique classique, composée de cheveux gris plaqués de chaque côté de sa tête et de cheveux d'un noir de jais lissés vers l'arrière sur le dessus de son crâne. Il ramassa sa boisson et se fraya un chemin à travers la foule, suivi d'un homme énorme vêtu d'un superbe complet de couleur foncée et d'une énorme boucle rouge.

— Ah oui? dit le gros homme. Quel sera le thème de cette exposition?

— Ce sera une installation permanente dédiée à l'histoire de Franklin Grove, dit monsieur Grosvenor tandis qu'il passait à côté d'Ivy. Il ne manque plus qu'un membre de longue date de la communauté se propose pour la concevoir et servir de conservateur permanent.

Il déposa son verre sur le bord d'un pilier.

«Mon père mordrait son propre cou pour pouvoir concevoir une exposition au Musée des beaux-arts de Franklin Grove!» se dit Ivy.

Elle essaya d'en entendre davantage, mais Audrey l'interrompit.

— Je n'oublierai jamais le soir où tu as vu *Le magicien d'Oz* à la télévision, dit-elle. Tu aimais tellement ça au début.

Ivy hocha automatiquement la tête en s'approchant délicatement de monsieur Grosvenor. Il disait quelque chose du genre de : «... quelqu'un qui est passionné par les arts et qui apprécie profondément la diversité de Franklin Grove. »

— Mais quand cette femme au nez crochu est apparue à l'écran et a dit : « Je t'aurai, ma jolie ! »…

Elle avança dans la file, ce qui mit monsieur Grosvenor hors d'atteinte. Ivy tapait du pied nerveusement ; elle mourait d'envie d'en entendre plus. Enfin, ce fut à leur tour et le barman tendit sa boisson à Ivy.

— Allons nous installer là-bas, dit-elle en désignant le pilier près duquel se trouvaient monsieur Grosvenor et son ami.

Audrey suivit le regard d'Ivy.

— Brian Warchuck !

Elle était bouche bée.

— Pourquoi ne m'as-tu pas dit que tu l'avais vu ! Mon Dieu qu'il a grandi !

— Hein ? dit Ivy.

Puis, elle vit, de l'autre côté du pilier, un grand adolescent maigre et boutonneux arborant une mince cravate.

Madame Abbott saisit sa main et plongea dans la foule.

— Brian ! cria-t-elle. Tu te souviens de ma fille, Olivia ? Olivia Abbott ?

Le visage de Brian Warchuck prit une teinte d'un rouge plus vif que tout ce qu'Ivy avait vu jusqu'ici, même chez un humain.

— Olivia Abbott? dit-il d'une voix aiguë.

— Salut, répondit Ivy, hésitante.

Elle se retourna vers le pilier. D'après ce qu'elle pouvait voir, monsieur Grosvenor parlait maintenant de l'expressionnisme allemand.

— Olivia parle encore de toi! dit madame Abbott.

— Ah oui? répondit Ivy.

— Ah oui? répéta Brian, ahuri.

Une goutte de sueur perla au beau milieu de son front.

— On n'oublie jamais son premier amour, dit madame Abbott avec nostalgie, même si c'était à la maternelle.

« C'est pas vrai! » se dit Ivy.

Brian Warchuck la fixait avec un grand sourire rêveur qui laissait entrevoir toutes ses dents. Ses cheveux étaient collés sur sa tête et trois poils roux, très exactement, jaillissaient de son menton.

— Alors, que fais-tu à Franklin Grove, Brian? demanda madame Abbott. Nous ne vivons ici que depuis le mois de septembre.

— Nous... nous avons déménagé à Creemore il y a quelques années, bégaya

Brian, incapable de quitter Ivy des yeux. Ce n'est qu'à quelques kilomètres d'ici.

Sa pomme d'Adam montait et descendait sans cesse, trahissant sa grande nervosité.

— J'ai encore ta doudou bleue, Olivia. Est-ce que tu as encore mon ourson en peluche?

— Je ne crois pas, dit Ivy en secouant la tête.

— Tu as jeté Fuzzy? dit Brian, la lèvre tremblante. Mais tu avais dit que tu n'abandonnerais jamais Fuzzy!

« Flap, flap », songea Ivy, sa gorge s'asséchant soudainement.

Et si Brian l'avait démasquée? Elle regarda la mère d'Olivia d'un air désespéré.

— Bien sûr que tu as encore cet ourson, ma chérie, dit madame Abbott. Il est sur l'étagère dans ta chambre.

Ivy faillit s'effondrer tellement elle était soulagée.

— Ah, *cet* ourson, balbutia-t-elle avec reconnaissance. Bien sûr.

Les lumières s'éteignirent et se rallumèrent afin d'aviser les gens qu'il était temps de regagner leur siège en vue du début du deuxième acte.

— Eh bien, c'est l'heure de retourner à l'intérieur. Salut! dit désespérément Ivy.

— Je pourrais peut-être prendre l'autobus pour venir te voir un de ces jours? offrit Brian.

— Tu devrais probablement appeler avant, répondit Ivy en attirant rapidement madame Abbott en direction des portes de l'auditorium.

« Je dois absolument parler à Olivia de son goût en matière de garçons », songea-t-elle.

— Nous sommes dans les pages jaunes sous « Abbott »! cria la mère d'Olivia par-dessus son épaule.

Tandis qu'elles reprenaient leur place, Ivy repensa à monsieur Grosvenor, au poste de conservateur qu'il avait mentionné et au nouveau plan élaboré par ses amis pour convaincre son père de rester à Franklin Grove.

« Il est le candidat parfait pour ce poste, se dit-elle, mais jamais il ne présentera sa candidature. »

— Tu aurais dû donner ton adresse courriel à Brian, chuchota Audrey à son oreille tandis que les comédiens faisaient leur entrée sur scène.

« C'est ça ! songea Ivy. J'enverrai un courriel au nom de mon père ! »

— Bonne idée, lui répondit Ivy à voix basse. Merci maman !

Olivia plia soigneusement une paire de pantalons cargo courts et les empila par-dessus les autres vêtements qui se trouvaient déjà dans la boîte de carton. Elle prit le distributeur de ruban adhésif et scella la boîte, puis s'empara d'un marqueur noir et écrit, sur le côté de cette dernière, VÊTEMENTS D'ÉTÉ D'IVY.

Elle se laissa tomber sur le lit.

— Aïe !

En glissant sa main sous son dos, elle tomba sur l'un des énormes sacs à main noirs de sa sœur, toujours pleins à craquer de cosmétiques et de matériel scolaire.

« Si Ivy doit déménager, pensa-t-elle tristement, elle aura au moins quelques boîtes bien emballées. »

Olivia avait été à moitié soulagée et à moitié déçue lorsqu'elle était arrivée chez Ivy et qu'elle avait trouvé une note de monsieur Vega disant qu'il reviendrait tard. D'un côté, elle n'aurait pas à se soucier de bien jouer son rôle, mais, d'un autre côté, elle avait anticipé avec beaucoup de plaisir le fait de passer du temps avec son père. Elle voulait lui montrer tout ce qu'il allait perdre en déménageant — lui montrer qu'elle était gentille, intelligente et *cool* — bien qu'il l'aurait prise pour Ivy.

À ce moment, Olivia entendit une voix en provenance de l'étage supérieur.

— Ivy! résonna la voix de monsieur Vega. J'ai besoin de ton aide!

Olivia se leva d'un bond et se précipita vers le miroir de la penderie. Elle secoua tout son corps pour relâcher son énergie et plaça ses cheveux devant son visage.

— J'arrive!

Tout d'un coup, elle fut envahie par la nervosité.

« Et s'il me démasquait? » se dit-elle.

Elle monta les escaliers d'un pas lourd tout en se préparant mentalement pour le moment où monsieur Vega la verrait habillée comme Ivy pour la toute première fois. Toutefois, lorsqu'elle arriva dans le vestibule, elle vit son père, dos à elle, les talons solidement ancrés dans le plancher de pierre. Ainsi éclairé par la faible lumière, on aurait dit qu'il tentait de faire entrer ce qui ressemblait à une énorme bête grise et poilue à l'intérieur.

— Aide-moi, gémit-il.

— Qu'est-ce que c'est ? cria Olivia.

Elle s'en voulut immédiatement ; sa sœur n'aurait jamais eu une réaction aussi vive.

— L'arbre de Noël, dit son père en haletant. Il est coincé !

Olivia pouvait effectivement voir que son père n'empoignait pas du tout la fourrure d'un monstre, mais plutôt les branches d'un arbre absolument gigantesque. Étrangement, ses feuilles n'étaient pas vertes, mais plutôt argentées.

Monsieur Vega grognait d'effort. Olivia courut le rejoindre, mais elle ne trouva aucune emprise solide sur l'arbre. Elle se pencha et vit qu'il restait un petit espace entre l'arbre et l'embrasure de la porte.

— Dépêche-toi ! invoqua son père d'une voix rauque.

Olivia se mit à quatre pattes et se faufila à travers l'ouverture pour se retrouver à l'extérieur, où le changement abrupt de température lui donna des frissons. Elle se précipita vers la base de l'arbre et poussa de toutes ses forces sur le tronc coupé. Rien ne bougea. Elle essaya de nouveau. Toujours rien.

« F-O-R, chantonna-t-elle silencieusement en poussant de plus belle, C et E ! Voilà comment avoir de la for-ce ! »

Tout d'un coup, l'arbre céda et glissa à travers la porte comme un énorme cure-pipe. Un terrible fracas se fit entendre à l'intérieur, et Olivia rentra à toute vitesse.

Son père était étendu sur le sol, la cime de l'arbre entre ses genoux ; il riait à gorge déployée. Olivia ne l'avait jamais entendu s'esclaffer comme ça auparavant.

— Voilà comment on fait entrer la magie de Noël dans une maison, dit-il d'un ton enjoué.

— Est-ce que ça va ? demanda Olivia.

— Maintenant, oui, dit-il. Merci. Tu as toujours été forte et intelligente, tu sais, Ivy.

— Merci, répondit doucement Olivia.

Elle était heureuse de l'entendre lui faire un compliment, même si elle savait qu'il ne lui était pas destiné.

— Je voulais te faire une surprise, avoua monsieur Vega.

Il glissa sa main dans la poche arrière de son pantalon et lui tendit une feuille de papier. Olivia la déplia délicatement, les mains tremblantes.

C'était le dessin au charbon sur lequel il travaillait, quelques jours plus tôt, lorsque sa sœur et elle l'avaient interrompu dans son bureau. Elle pouvait maintenant constater qu'il s'agissait d'un plan de l'arbre de Noël le plus extraordinaire qu'elle ait jamais vu.

— C'est un frêne argenté, lui dit son père. Je l'ai commandé spécialement pour toi.

Sur le dessin, l'arbre était presque aussi énorme qu'en vrai, s'étendant du plancher jusqu'au plafond, et il était décoré de façon si soignée qu'il semblait recouvert d'une délicate toile d'araignée scintillante. Enfin, il y avait, au sommet de ce dernier, la silhouette d'une chauve-souris.

— Il est magnifique, murmura Olivia.

— Je voulais faire quelque chose de spécial pour toi, dit son père en souriant doucement, pour célébrer notre dernier Noël dans cette maison.

— Merci… papa. Je l'adore, dit Olivia en toute sincérité.

Puis, il s'approcha d'elle et lui fit un gros câlin ; le cœur d'Olivia faillit exploser.

— Est-ce qu'on peut le décorer ce soir ? demanda-t-elle après un instant.

Il secoua la tête.

— Pas ce soir, ma chérie. Il est trop tard. Nous le ferons demain.

— D'accord, dit doucement Olivia en essayant de ne pas laisser paraître sa déception.

Un peu plus tard, couchée sur le dessus du cercueil de sa sœur, Olivia repassait en boucle dans sa tête le moment où son père lui avait fait un câlin. Elle sourit.

« Peut-être qu'Ivy acceptera encore de faire un échange demain, se dit-elle en s'endormant. Peut-être que mon père et moi pourrons décorer notre arbre ensemble. »

CHAPITRE 6

Dix minutes avant son examen de sciences humaines, en début de journée, Olivia était encore accroupie dans l'un des cabinets de toilette du pavillon des sciences, s'affairant à échanger de vêtements avec sa sœur. Elle retira frénétiquement les collants noirs d'Ivy.

— Tu as vu Brian Warchuck? dit-elle.

— Oui, et il est encore follement amoureux de toi, résonna la voix d'Ivy.

Le cœur d'Olivia fit un bond.

— Et de quoi il avait l'air?

Elle avait attendu toute sa vie de revoir son prince charmant!

— D'un crayon avec des boutons, répondit Ivy d'un ton neutre.

— Noooooon, dit Olivia en saisissant le chandail rose duveteux que sa sœur venait de lui lancer par-dessus la cloison. Il était si mignon!

— Eh bien, il l'est encore, si tu aimes le genre de gars qui colle ses cheveux sur son front avec de la vaseline, lui dit Ivy.

Olivia entendit la porte du cabinet voisin s'ouvrir et se refermer.

— En tout cas, tu ferais mieux de te dépêcher. On va être en retard pour notre dernier examen de mi-session, et je ne t'ai même pas encore dit que notre père ne déménagera pas en Europe.

— Qu'est-ce que tu as dit? s'exclama Olivia.

Elle ouvrit brusquement la porte de son cabinet et vit que sa sœur la regardait, les bras croisés, avec un immense sourire.

— Nous ne déménagerons pas, dit Ivy. Le poste de rêve de mon père vient de se libérer… et il est ici, à Franklin Grove!

Olivia écouta attentivement tandis que sa sœur lui racontait comment elle avait entendu la conversation du conservateur du musée à propos du poste en question. Ça avait l'air tellement *parfait*!

— Penses-tu vraiment qu'il présenterait sa candidature? demanda Olivia.

— Il l'a déjà fait, dit Ivy en haussant un sourcil. J'ai envoyé un courriel à monsieur Grosvenor à partir de l'ordi de tes parents, hier soir. J'ai parlé de mes qualifications : mon mécénat de longue date, le fait que je suis un citoyen modèle dans notre communauté, les nombreux prix de design que j'ai remportés. C'est de la rédaction à son meilleur.

— Je ne savais pas que tu avais reçu des prix de design, répondit Olivia, impressionnée.

— Le courriel ne venait pas de *moi*, expliqua Ivy. Il venait de Charles Vega. Étant donné que mon adresse courriel ne contient que mon nom de famille, monsieur Grosvenor ne verra jamais la différence.

— Tu as falsifié un courriel ? demanda Olivia.

— Aux grands maux, les grands remèdes, confirma Ivy. Même la prison serait mieux que l'Europe.

« C'est vrai », se dit Olivia.

— Je pourrais t'apporter des petits gâteaux, dit-elle. Et on pourrait se parler au téléphone à travers une fenêtre de plexiglas, comme dans les films.

Quelques instants plus tard, Olivia et sa sœur avaient retrouvé leur apparence normale et filaient à toute allure dans le corridor en direction de leur cours de sciences humaines.

— Je peux te demander un service ? demanda Olivia en repensant à la nuit précédente.

— Tout ce que tu veux, répondit Ivy, tant que ça n'implique pas une pratique de meneuses de claques.

Olivia baissa le ton pendant qu'elles se frayaient un chemin à travers la foule animée.

— Est-ce qu'on pourrait échanger de place ce soir ?

— Deux soirs de suite ? répliqua Ivy. Ma peau va commencer à devenir rose !

Olivia sourit.

— Notre père est toujours si étrange avec moi parce que je suis humaine. Mais quand je fais semblant d'être toi, il est beaucoup plus détendu. C'est le seul moment où j'ai la chance de le voir comme il est vraiment, et il veut décorer l'arbre de Noël ce soir.

Ivy leva les yeux au ciel.

— Ça va prendre des *heures*.

— Ça me ferait tellement plaisir, dit doucement Olivia.

Elles s'arrêtèrent devant la porte de leur local.

— D'accord, consentit Ivy. Ce ne serait pas vraiment comme de recevoir un pieu dans le cœur que de passer plus de temps chez toi, de toute façon. Je commence à avoir l'impression que ta mère est aussi la mienne.

— Merci, Ivy, dit Olivia avec gratitude. C'est peut-être ma dernière chance de passer du temps avec lui.

— Pas si je peux l'empêcher de partir ! dit fermement Ivy.

Olivia sourit en voyant la détermination de sa sœur, puis elle la suivit et entra dans la classe.

À la fin de la journée, Ivy était assise sur les marches de l'école, grelottant en attendant que la mère d'Olivia vienne la chercher. Elle remuait ses orteils dans les bottes en daim bleu d'Olivia pour tenter de les réchauffer. De temps en temps, quelqu'un passait à côté d'elle dans les marches.

— Bonne relâche, Olivia !

— Au revoir, répliquait tristement Ivy.

Elle s'était tellement concentrée sur l'étude de ses examens et sur ses tentatives visant à convaincre son père de ne pas déménager que la dernière journée d'école était arrivée sans même qu'elle ne s'en rende compte. Ce n'est que lorsqu'elle s'était assise ici qu'elle avait eu conscience que ces moments étaient peut-être ses derniers à l'école secondaire de Franklin Grove.

« Et si jamais ça ne fonctionnait pas pour le poste au musée ? » se dit-elle.

Elle avait consulté ses courriels à la bibliothèque juste avant de sortir, mais elle n'avait toujours pas reçu de réponse de la part de monsieur Grosvenor.

Elle lança un regard par-dessus son épaule à la silhouette majestueuse de l'édifice qui se tenait contre le ciel gris. Elle n'était encore qu'un bébé lorsque son père et elle avaient emménagé à Franklin Grove. Elle n'avait jamais rien connu d'autre.

« Aucun pensionnat du Luxembourg ne pourrait se comparer à cet endroit », se dit-elle.

Des visages défilèrent dans sa tête : Olivia, excitée et toute de rose vêtue, gambadant dans le corridor le jour de leur rencontre; Brendan, beau à en mourir, appuyé contre les casiers le jour où il lui avait demandé de sortir avec lui pour la première fois; Sophia, courant dans les marches avec son appareil photo pour annoncer une autre réunion d'urgence dans les toilettes.

Elle était censée laisser derrière elle les personnes qui lui étaient les plus chères dans cinq jours : sa meilleure amie, sa sœur, son petit ami. Elle se sentait comme si quelqu'un s'apprêtait à déterrer son cercueil et à l'emmener loin de l'endroit où elle voulait passer l'éternité.

Tout d'un coup, Ivy sentit ses yeux se remplir de larmes.

« Ne t'apitoie pas sur ton sort, se dit-elle. Si tu commences à pleurer, tout ton maquillage va couler. Et puis, il reste encore cinq jours. Tout n'est pas perdu ! »

La mère d'Olivia gara sa voiture près du trottoir. Ivy se ressaisit rapidement, prit le sac de sa sœur et descendit les marches en sautillant.

Lorsqu'elle entra dans la voiture, elle put voir que madame Abbott était encore aux anges en raison de l'effet miraculeux que *Wicked* avait eu sur sa fille. La musique du spectacle jouait dans la voiture.

— J'ai vu à quel point tu as aimé le spectacle, dit Audrey, alors je suis allée t'acheter la trame sonore!

Son enthousiasme était contagieux et, peu de temps après, Ivy chantait à pleins poumons avec elle.

«Sophia et Brendan mourraient sur-le-champ s'ils me voyaient en train de m'époumoner à chanter les airs d'un spectacle musical», songea-t-elle.

Lorsqu'elles arrivèrent à la maison, la mère d'Olivia se dirigea vers la cuisine.

— Ton père et moi faisons du découpage, dit-elle. Je t'appellerai quand le dîner sera prêt.

— C'est quoi, du découpage? se risqua Ivy.

— Tu sais, dit Audrey, c'est lorsque tu fais du collage sur un vase ou un autre objet et que tu peins par-dessus avec de la colle. Je sais que tu n'aimes pas ce genre de bricolage.

Audrey commença à s'éloigner et le cœur d'Ivy devint lourd.

— Est-ce que je peux en faire un? demanda-t-elle, hésitante.

Audrey sourit.

— Bien sûr ! C'est simplement que je ne pensais pas que tu serais intéressée.

Ivy haussa les épaules et, avant même qu'elle ait pu s'en rendre compte, elle était complètement absorbée par la décoration de son vase. Elle avait réussi à entourer la base de ce dernier de morceaux de gazon d'un vert vif, au-dessus desquels dansait une ligne de coccinelles. Elle travaillait maintenant sur une bande de minuscules boutons d'or.

— C'est magnifique, ma chérie ! l'encouragea Audrey.

— Merci, dit Ivy en collant soigneusement une autre fleur. Je vais le donner à Ol... je veux dire à Ivy pour Noël, se corrigea-t-elle rapidement. Elle va tellement l'aimer, ajouta-t-elle en balançant sa queue de cheval avec enthousiasme.

Monsieur Abbott leva les yeux de son support à épée de cérémonie, qu'il décorait avec des images de Bruce Lee effectuant des mouvements de kung-fu divers.

— Quelle bonne idée ! dit-il. Elle pourra l'emporter avec elle en Europe.

Ivy eut le souffle coupé, et les parents de sa sœur partagèrent un regard inquiet.

— Nous savons que le départ d'Ivy doit être très difficile pour toi, Olivia, dit doucement Audrey.

Ivy fixa silencieusement la fleur jaune qui se trouvait sur son doigt pendant un long moment.

— C'est la chose la plus difficile que j'ai eue à affronter jusqu'à maintenant, avoua-t-elle doucement.

Puis, elle inspira profondément et posa soigneusement la fleur sur le vase d'Olivia.

Olivia était perchée sur le barreau supérieur de l'échelle, en équilibre sur les embouts d'acier des bottes d'Ivy. Elle devait s'étirer le plus possible pour arriver à fixer la dernière rose rouge sang sur la toile de fils argentés qu'elle et son père avaient disposée tout autour de l'arbre de Noël, selon son dessin. Elle pouvait l'apercevoir un peu plus bas, du coin de l'œil, affairé à accrocher les dernières chandelles sur les branches.

Cela faisait presque deux heures qu'ils décoraient l'arbre, et Olivia devait bien admettre que le résultat serait encore plus spectaculaire que tout ce qu'elle avait pu imaginer. Outre la miroitante toile de fils, les seuls autres éléments de décoration qui s'y trouvaient consistaient en des chandelles de couleur pâle et des roses rouges, disposées un peu partout. C'était le mélange parfait entre un agencement complexe et une ornementation classique.

Le seul point négatif était que son père et elle avaient à peine discuté pendant tout ce temps, sauf lorsqu'il lui avait dit qu'ils ajouteraient les bouchées de Noël argentées à la toute fin. Elle ne savait même pas en quoi consistaient ces fameuses bouchées de Noël.

Olivia se creusait le cerveau pour trouver des sujets de conversation; elle ne pouvait pas parler des raisons pour lesquelles monsieur Vega s'apprêtait à déménager en Europe, ni du fait qu'il était son père. Même le simple fait de se prononcer de façon trop enthousiaste à l'égard de l'arbre semblait être une erreur, étant donné qu'elle devait agir comme sa gothique-aux-lèvres-pincées de sœur, qui était d'ailleurs encore un peu fâchée contre lui. De toute façon, il avait l'air complètement perdu dans ses pensées.

— Je crois que nous sommes prêts à accrocher les bouchées de Noël, annonça-t-il soudainement avant de disparaître dans la cuisine.

En redescendant de l'échelle, Olivia essaya d'imaginer en quoi pouvaient bien consister ces bouchées.

«Des crocs phosphorescents? De gros morceaux de viande rouge?» songea-t-elle.

Son père revint avec un petit tas de boîtes de la taille d'un cahier.

«Des bonbons faits de chair humaine?» s'inquiéta-t-elle.

Elle s'arrêta de respirer un instant tandis qu'il ouvrait l'une des boîtes, révélant ainsi un tas de petits chocolats en forme de quilles, tous recouverts d'une enveloppe métallisée.

«On dirait les Kisses de Hershey!» se dit-elle, soulagée.

Son père lui tendit quelques bouchées et en prit quelques-unes. Lorsqu'Olivia commença à les accrocher parmi les roses odorantes, elle remarqua qu'elles représentaient toutes un métier distinct. Il y avait un pâtissier joufflu arborant un chapeau blanc sur une tête miniature et un minuscule médecin au stéthoscope pendant sur son ventre bien rebondi. Il y avait aussi un monsieur barbu tenant une pelle ; Olivia devina qu'il s'agissait du fossoyeur.

« Ils sont trop drôles ! » se dit-elle en riant.

— Tu as toujours trouvé la tradition des bouchées de Noël amusante, murmura soudainement son père. Lorsque tu étais très jeune, tu organisais des goûters imaginaires. Tu étais très particulière. Le professeur devait s'asseoir à côté du travailleur de la construction, et ainsi de suite. Et puis, juste au moment où tes petits invités étaient installés bien confortablement, ton moment préféré arrivait.

Un sourire illumina son visage.

— Tu prenais une bouchée de leurs crânes.

Il hocha la tête de façon nostalgique.

— Tu riais tellement lorsque le sang se mettait à jaillir.

Olivia regarda les bouchées qu'elle tenait dans sa main.

« Elles sont remplies de sang ? » se dit-elle, ressentant un soudain malaise.

Après une courte pause, monsieur Vega fixa Olivia dans les yeux et son sourire s'effaça.

— Au cours de ces dernières heures que nous avons passées à décorer notre arbre, dit-il d'une voix peinée, j'ai tenté, en vain, de trouver une façon de te dire que je suis sincèrement désolé, Ivy.

— Pourquoi ? demanda Olivia, la voix tremblotante.

— Parce que je t'amène avec moi, loin d'ici. Loin de cette maison, de tes amis, de…

Sa voix s'éteignit un moment et il secoua la tête.

— Je n'ai pas envie de partir moi non plus. Cette ville m'a donné un foyer lorsque je n'en avais aucun. Cette communauté m'a redonné une vie alors que je croyais que tout était fini. Je ne crois pas qu'il y ait un autre endroit comme Franklin Grove sur toute la planète.

— Pourquoi partir alors ? demanda Olivia.

Une expression sombre et dure traversa soudainement le regard de son père.

— Je ne pourrais jamais me le pardonner si je n'étais pas convaincu, au plus profond des cryptes de mon âme, que partir est la meilleure chose à faire pour nous deux, répondit-il fermement. Parfois, le changement est bénéfique.

« Ce pourrait être ma seule chance de tenter de lui faire changer d'avis », songea Olivia.

— J'ai déjà vécu beaucoup de changements ces derniers temps, commença-t-elle. Je viens tout juste de découvrir que j'ai une sœur jumelle. En plus, j'ai de bons amis ici, je fais partie de l'équipe de rédaction du journal et... et... je viens de commencer à sortir avec un gars vraiment *cool*...

— Je sais, ma chérie, souffla monsieur Vega.

— En plus, je suis sûre qu'il y a d'excellents postes pour toi, ici, à Franklin Grove, continua Olivia.

Son père hocha distraitement la tête, mais, à son grand désarroi, il ne répondit rien. Après un moment, il leva la tête vers elle et se racla la gorge.

— Parle-moi un peu d'Olivia. Comment ça se passe pour elle à l'école ?

Olivia était prise au dépourvu ; jamais elle n'aurait pensé, ne serait-ce qu'une seule seconde, que son père pouvait lui porter un quelconque intérêt.

— Mmmh, commença-t-elle. Je crois que ça se passe bien. Elle n'aura probablement que des A dans son bulletin, enfin, si tout s'est bien passé dans son examen d'algèbre.

Son père sourit.

— Bien, dit-il. C'est très bien. Et elle a beaucoup d'amis ?

— Eh bien, dit Olivia en retrouvant soudainement un peu d'inspiration, tu sais qu'elle n'est ici que depuis le mois de septembre, alors elle ne connaît pas encore tout le monde.

Elle pensa à Camilla.

— Elle est très proche de Camilla Edmunson, une fille très intelligente qui adore les livres de science-fiction.

Son père hocha la tête en signe d'approbation.

— Et elle se tient aussi beaucoup avec Sophia et Brendan, ajouta-t-elle. Mais je suis totalement sa meilleure amie.

Olivia s'arrêta. Elle commençait à être un peu confuse à force de parler d'elle-même de cette façon.

« En plus, j'ai parlé comme une vraie meneuse de claques, et pas comme une gothique ! » pensa-t-elle en scrutant le visage de son père afin de voir s'il s'était rendu compte de quelque chose.

— Et Olivia est une excellente meneuse de claques, ajouta-t-elle sans pouvoir s'en empêcher.

— C'est une jeune fille remarquable, dit tendrement monsieur Vega. Je suis vraiment content que nous ayons pu la rencontrer et apprendre à la connaître.

Olivia se sentit soulevée dans les airs; pendant un instant, elle eut l'impression de se tenir en parfait équilibre, l'air triomphant, dans la paume de sa main.

« Il m'accepte, se dit-elle. Il se soucie de moi et de qui je suis. S'il part, je saurai au moins ça. »

— Je sais à quel point ce sera doulou-reux pour toi… dit-il, la voix soudainement enrouée, comme s'il allait pleurer,… de la quitter.

Il se frotta brièvement les yeux. Lorsqu'il recommença à parler, sa voix était plus posée.

— Mais ce déménagement en Europe est une chose que je dois absolument faire. J'espère que tu me pardonneras un jour.

Il mit la main dans sa poche et en ressortit ce qui semblait être une canne de Noël.

— Une offrande de paix, dit-il avec espoir.

Olivia accepta avec un petit sourire reconnaissant. Étrangement, les cannes de bonbon étaient ses friandises préférées.

Il mit son bras autour de ses épaules et lui fit un câlin. Elle ferma les yeux et enfonça son visage dans son épaule pendant un instant, profitant pleinement de ce moment.

Puis, elle commença à développer sa canne.

— Les cannes au sang ont toujours été tes préférées, lui dit son père.

Les doigts d'Olivia se figèrent.

— À bien y penser, lança-t-elle en glissant le bonbon dans la poche arrière des jeans noirs d'Ivy, je crois que je vais la garder pour plus tard, puisque c'est une gâterie si spéciale.

Une fois les bouchées de Noël accrochées, Olivia et son père grimpèrent ensemble sur le barreau supérieur de l'échelle. Il tenait une boîte gris foncé dans ses mains, qu'il ouvrit pour en ressortir une chauve-souris noire, faite de velours, de la taille d'un aigle.

— Notre chauve-souris des Fêtes, annonça-t-il.

Les ailes de la chauve-souris se déployè-rent. Olivia en prit une dans sa main tandis que son père agrippait l'autre. Ensemble, ils tendirent le bras et la placèrent au sommet de l'arbre.

CHAPITRE 7

— C'était délicieux, maman, dit Ivy en aidant madame Abbott à débarrasser la table après le dîner.

Ivy ne mangeait habituellement pas de steak de tofu, mais la mère d'Olivia lui en avait servi avec une sauce au vin rouge, qui avait un goût étonnamment semblable au sang.

— Merci chérie, dit madame Abbott, visiblement satisfaite.

À ce moment, la sonnette retentit. Madame Abbott enleva son tablier et se dirigea vers la porte.

« C'est peut-être Olivia, songea Ivy avec nervosité. Et si papa avait découvert qu'elle avait pris ma place ? »

Elle entendit madame Abbott ouvrir la porte, puis elle ne capta qu'un ensemble de bruits aigus. On aurait dit une volée d'oiseaux géants tirés d'un vieux film d'horreur.

Ivy se faufila vers l'entrée et avança doucement la tête. Deux petites filles vêtues de tutus et de diadèmes se pourchassaient entre les jambes de madame Abbott tout en criant à tue-tête. Une femme, qui était sans doute leur mère, se tenait dans l'embrasure de la porte.

Ivy recula à toute vitesse afin de ne pas se faire voir. Sa gorge se resserra.

« Des bébés lapins ! » se dit-elle.

— Nous sommes vraiment reconnaissants que tu aies accepté de garder un œil sur les filles avec Olivia, dit la femme.

— Il n'y a pas de quoi. Amuse-toi bien avec Jeff !

« Les enfants vont rester ! » comprit-elle soudainement.

Elle aurait préféré être enterrée vivante. Rien n'était plus dangereux ni dérangeant qu'un humain miniature, mis à part deux d'entre eux bien entendu !

— Olivia ! appela Audrey. Casey et Stacey sont ici !

Ivy inspira profondément et se contraignit à mettre un pied devant l'autre. Elle atteignit finalement l'extrémité du couloir, mais resta figée dans l'entrée du salon. Le père d'Olivia se tenait devant la cheminée, entortillé dans une corde à danser que chacune des petites filles tenait par une extrémité.

— Pas si serré, dit-il, ou je devrai me servir de mon li ching contre vous.

Il s'efforça à rire, mais il était visiblement sans défense.

— Voici Olivia, dit Audrey en voyant Ivy.

Tout d'un coup, les filles laissèrent tomber les poignées de leur corde à danser et commencèrent à sauter dans les airs. Leurs cris atteignirent une toute nouvelle intensité.

— OLIIIIIIVIIIIIIIIAAAAAAAA, OLIIIIVIIIIAAAA!

Audrey devait avoir remarqué l'expression de terreur sur le visage d'Ivy, car elle lui dit :

— Nous avions promis à Carol, tu te souviens ? Nous allons garder les filles pendant qu'elle et Jeff iront dîner au restaurant pour leur anniversaire de mariage.

« Je vais tuer ma sœur », se dit Ivy.

Casey et Stacey accoururent vers elle. Elle n'avait aucune idée de laquelle était laquelle, mais l'une portait un justaucorps et un tutu jaunes tandis que l'autre était entièrement vêtue de rose. Elle fit un immense effort pour ne pas reculer d'effroi lorsqu'elles s'emparèrent de ses mains.

— APPRENDS-NOUS UN CRI! UN CRI! UN CRI! hurlèrent-elles à l'unisson.

— Je, je n'en connais pas, bégaya Ivy.

Le père et la mère d'Olivia la fixèrent, bouche bée.

— Je blaguais, dit Ivy avec un faible sourire.

— Dans ce cas, je te laisse faire ta magie, dit Audrey en lui adressant un clin d'œil avant de quitter la pièce.

Ivy voulait hurler : «Ne me laisse pas!» Elle n'avait aucune expérience avec les enfants humains. Ce ne serait pas la même chose que de passer du temps avec la petite sœur de Brendan à jouer à la chasse aux vampires.

«Qu'est-ce que je suis censée faire avec une paire de bébés lapins hyperactifs pendant toute une soirée?» songea-t-elle, totalement paniquée.

Elle ne connaissait rien au ballet classique, et elle n'allait certainement pas discuter de poneys ou d'autres trucs du genre.

— OLIVIA, QU'EST-CE QUE T'ATTENDS ? hurla la fillette au tutu jaune.

« Les enfants humains sont comme des animaux, se dit Ivy, ils flairent la peur. » Elle ne pouvait donc, en aucun cas, leur laisser voir qu'elle n'avait aucune idée de ce qu'elle faisait.

— Regarde, Olivia, dit la petite au tutu rose. On s'est mis belles juste pour toi !

— Ah oui ? dit Ivy, et les deux petites filles la regardèrent d'un air angélique.

La petite fille au tutu rose avait perdu ses deux dents de devant. Tout d'un coup, Ivy se rendit compte que ces petits lapins s'attendaient seulement à ce qu'elle soit la Olivia joyeuse, excitée et amusante qu'elles connaissaient.

« Je n'ai qu'à leur donner ce qu'elles veulent, dans ce cas », se dit-elle.

Ivy joignit ses mains.

— Eh bien, ce sont les ensembles les plus jolis, les plus scintillants et les plus royaux que j'ai jamais vus ! dit-elle en faisant balancer sa queue de cheval. Je les trouve totalement géniaux !

— Je t'avais bien dit qu'elle serait impressionnée, s'exclama la fillette vêtue de jaune en faisant un grand sourire à sa sœur.

Olivia était assise à table, dans la cuisine d'Ivy, tandis que son père surveillait le four.

— Qu'est-ce qu'on mange ? demanda-t-elle, ses jambes gigotant nerveusement sous la table.

— C'est une surprise, répondit-il mystérieusement.

Olivia et Ivy avaient convenu, cet après-midi, qu'elle inventerait une raison à l'heure du dîner pour ne pas avoir à manger une chose qui la rendrait malade.

« Tu n'auras qu'à dire que tu ne te sens pas bien ou que tu essaies un nouveau régime », lui avait dit Ivy.

Mais la soirée s'était si bien déroulée qu'Olivia ne voulait pas tout gâcher. Son père avait mis la table de façon très élégante.

— Est-ce que tu peux me donner un indice au moins ? demanda-t-elle avec nervosité.

Son père s'approcha et alluma une chandelle au centre de la table.

— En l'honneur de notre déménagement, dit-il, j'ai cuisiné un plat européen reconnu pour son goût, sa texture et son contenu en fer.

Le cœur d'Olivia fit trois tours.

« Ça veut dire que c'est quelque chose qui contient du sang, j'en suis certaine », se dit-elle.

Elle avala son verre d'eau d'un coup sec.

— Je crois que je n'ai pas très faim, dit-elle après un moment.

En voyant la déception sur le visage de son père, Olivia se sentit extrêmement coupable.

— Même pas une petite bouchée, juste pour y goûter ? implora son père. C'est un mets très raffiné. En fait, il fait partie du déjeuner traditionnel des humains.

« Ça ne doit pas être trop dégueulasse alors, se dit Olivia. C'est bon, je vais essayer. »

Son père enfila un gant de cuisine gris, se retourna et alla retirer quelque chose du four. Olivia pouvait voir qu'il tranchait quelque chose. Il revint et déposa une assiette devant elle, qui contenait deux galettes épaisses ressemblant à de la terre.

Olivia en piqua une avec sa fourchette.

— Qu'est-ce que c'est ?

— Du boudin, répondit fièrement son père. C'est très populaire en Angleterre.

« Ça n'a pas l'air si terrible », se dit Olivia.

— C'est fait de quoi ?

— Ça consiste en de la saucisse de sang bien figé coupée en tranches, dit son père d'un ton neutre.

— Les *humains* mangent ça ? s'exclama Olivia.

— Régulièrement, répondit son père en s'asseyant en face d'elle avec sa propre assiette.

Il découpa un énorme morceau de saucisse et l'enfila dans sa bouche. Il ferma les yeux tout en en savourant le goût.

— Mmmmmm.

Il désigna l'assiette d'Olivia pour l'encourager, mais cette dernière était incapable de bouger. Elle était trop concentrée à ne pas respirer par le nez.

— Vas-y, l'encouragea-t-il en hochant la tête,

Le couteau et la fourchette d'Olivia tremblaient dans ses mains. Elle se força à couper un morceau de la taille de l'ongle de son petit doigt. Elle rapprocha son verre d'eau, histoire de pouvoir en prendre une gorgée aussitôt qu'elle aurait avalé sa bouchée.

— Ne le laisse pas refroidir, lui recommanda son père.

Olivia avait l'impression que toute l'équipe de meneuses de claques de Franklin Grove s'amusait à faire des sauts de mains dans son estomac.

« Tu n'as pas le choix, se dit-elle, tu dois le manger ! »

Elle ferma ses yeux très fort et porta la fourchette tremblotante à sa bouche.

★ 🦇 ★

Ivy pencha la lampe du salon afin qu'elle éclaire Casey et Stacey comme un projecteur. La mère d'Olivia et celle des filles, revenue les chercher, étaient assises sur le canapé. Au lieu d'enseigner une danse ou un cri aux fillettes, Ivy les avait plutôt aidées à écrire une petite pièce de théâtre, et l'heure de la représentation avait sonné.

— Et donc, la princesse Stacey et la ballerine Casey furent piégées par le méchant sorcier, narra Ivy.

Elle fit pivoter la lampe vers le père d'Olivia, qui était assis sur un fauteuil dans le coin du salon et qui frottait diaboliquement ses mains ensemble.

— L'infâme comptable ! annonça-t-elle.

Monsieur Abbott rit de façon menaçante.

— Aaaaaaah ! hurlèrent les filles.

— Steve est effrayant, n'est-ce pas ? chuchota Audrey à son amie, qui hocha la tête.

— Elles attendirent que leur prince charmant vienne à leur rescousse, continua Ivy.

— Mon prince nous sauvera, dit Casey en faisant gonfler son tutu du bout des doigts en signe de nervosité. Il a 23 voitures de course et il est vétérinaire.

Stacey s'avança.

— Mon prince nous sauvera, annonça-t-elle, parce qu'il est très riche et qu'il a une moustache.

Les deux mamans gloussèrent.

— Elles attendirent et attendirent encore, dit Ivy. Le donjon du comptable était vraiment dégoûtant.

Elle plongea la main dans un énorme sac d'accessoires dans lequel se trouvaient des vers faits de fils.

— Il y avait des vers.

Elle en prit une poignée et les répandit sur les filles.

— Beuuurk ! crièrent-elles d'un ton strident.

— Et, dans le coin du donjon, un monstre était enchaîné au mur, ajouta Ivy.

Elle poussa un énorme rugissement et les filles se mirent à courir partout en hurlant. Ivy sortit un vaporisateur de son sac d'accessoires et aspergea les filles d'une brume fine.

— Et le monstre éternua sur elles.

— Ouacheeee! hurlèrent les filles en se couvrant les yeux.

— Mais leurs princes n'arrivaient toujours pas, poursuivit Ivy.

Casey et Stacey firent une moue dramatique. Monsieur Abbott lâcha un autre rire diabolique, toujours caché dans l'ombre.

— La princesse Casey et la ballerine Stacey commencèrent à s'impatienter.

Stacey mit sa main dans la poche imaginaire de son tutu rose et en ressortit un téléphone cellulaire.

— Où es-tu? demanda-t-elle. Tu étais censé être ici il y a des heures!

Elle observa une courte pause pour écouter la réponse de son interlocuteur, comme une vraie actrice, puis raccrocha.

— Je ne sais pas quel est son problème, fulmina-t-elle.

Casey se croisa les bras.

— Les garçons! s'exclama-t-elle. Ils sont si peu fiables.

— Enfin, narra Ivy, la princesse Casey et la ballerine Stacey décidèrent de ne plus attendre.

— Partons! dit Casey à Stacey.

— Elles se frayèrent un chemin jusqu'au méchant sorcier comptable, continua Ivy en suivant les filles avec la lampe tandis qu'elles se rendaient, sur le bout des pieds, jusqu'à l'endroit où se trouvait monsieur Abbott, occupé à pitonner sur une calculatrice imaginaire et à marmonner des chiffres d'un air triomphant.

Casey lui donna une tape sur l'épaule.

— Qu'est-ce que…?

Monsieur Abbott se retourna avec un air faussement surpris et se leva d'un bond.

Stacey se mit en équilibre sur une jambe et leva les mains au-dessus de sa tête, hurlant comme un maître kung-fu prêt à exécuter un mouvement mortel.

Les yeux de monsieur Abbott s'écarquillèrent. Profitant de cette distraction, Casey s'approcha en courant et sauta avec force sur son pied.

— Aïe! cria-t-il.

Ivy grimaça; ils n'avaient pas pratiqué cette partie-là.

Stacey lui asséna un coup de karaté dans le dos.

— Ouille! cria monsieur Abbott.

— Espèce de méchant! dit Casey en lui donnant un coup de pied sur le tibia.

Monsieur Abbott était plié en deux de douleur. Il s'étira le cou et lança un regard désespéré à Ivy.

— Et ils vécurent heureux! chuchota-t-il. Et ils vécurent…

Les deux filles lui sautèrent sur le dos et tous trois tombèrent au sol dans un énorme fracas.

— Euh, et ensuite la princesse Casey et la ballerine Stacey s'enfuirent en courant, dit rapidement Ivy.

Les filles débarquèrent du dos de monsieur Abbott et se précipitèrent hors de la pièce.

— Et elles vécurent heureuses comme des meilleures amies jusqu'à la fin de leurs jours! conclut Ivy.

Les spectatrices bondirent sur leurs pieds en lâchant des cris d'appréciation. Casey et Stacey revinrent dans le salon en sautillant et firent une révérence élégante à l'intention de leur public.

— Bravo ! Bravo ! les acclama Audrey. Viens saluer ton public aussi, Steve !

— Je ne peux pas, gémit-il. Mon dos, expliqua-t-il d'un air contrit.

Ivy l'aida à se relever et à s'installer confortablement dans son fauteuil. Puis, les filles vinrent la rejoindre, s'emparèrent de ses mains et l'entraînèrent à leur suite. Ivy fit la révérence avec panache, sa queue de cheval se balançant vers l'avant.

« Je fais presque une aussi bonne Olivia qu'Olivia elle-même ! songea fièrement Ivy. Je me demande comment elle s'en sort de son côté. »

« Plus jamais je n'échangerai de place avec Ivy à l'heure du repas », songea Olivia.

Sa fourchette était toujours bien en place devant ses lèvres, le même petit morceau de boudin attendant toujours de se faire manger. Elle essayait de toutes ses forces de se convaincre de le mettre dans sa bouche.

« Monsieur Vega va avoir des soupçons, songea-t-elle désespérément. Je dois le faire tout de suite. »

Soudainement, le téléphone sonna dans l'autre pièce.

— J'y vais, dit-il.

Il déposa sa serviette et sortit de table. Elle attendit qu'il ait quitté la pièce avant de bondir hors de sa chaise. Elle se précipita vers la poubelle et y jeta les deux rondelles de saucisses de boudin en prenant bien soin de les enterrer sous plusieurs essuie-tout froissés. Elle venait à peine de se rasseoir lorsque monsieur Vega revint.

— C'était qui? demanda-t-elle d'un air nonchalant.

— Un vendeur.

Son père grimaça en s'assoyant.

— Il n'acceptait pas mon refus. Je lui répétais sans cesse que nous n'utilisions pas de cire à cercueil, mais il ne voulait rien entendre.

Il remarqua le plat vide d'Olivia.

— Tu as déjà tout fini?

— C'était délicieux, affirma Olivia en déglutissant.

— Je savais que tu aimerais ça, répondit son père. Je vais t'en chercher une autre portion.

— Non! lança Olivia. Je veux dire, non merci.

Elle frotta son ventre pour indiquer qu'elle était pleine.

— Mais merci pour tous les efforts que tu as mis.

Elle adressa un sourire à son père, qui lui sourit aussi en retour.

CHAPITRE 8

Très tôt samedi matin, Ivy ouvrit silencieusement la fenêtre du sous-sol de sa demeure et se glissa à l'intérieur. Elle descendit les escaliers à pas de loup jusqu'à sa chambre ; Olivia se trouvait sur son lit, recroquevillée en une petite boule. Elle portait le pyjama aux pierres tombales d'Ivy et étreignait un oreiller à motif de chats noirs.

« Il ne reste plus que quatre jours avant mon déménagement, songea tristement Ivy en regardant sa sœur dormir. Et qui sait quand je pourrai revoir Olivia après ça ? »

Elle décida de laisser sa sœur dormir quelques minutes de plus. Elle se glissa dans sa chaise de bureau et alluma le nouvel ordinateur portable que son père lui avait acheté en prévision de son entrée au pensionnat. Elle attendit nerveusement l'ouverture de sa boîte de courriels. Son cœur s'alourdit lorsqu'elle vit s'afficher ses nouveaux messages ; ils ne contenaient toujours aucune réponse du Musée des beaux-arts. Elle laissa échapper un énorme soupir.

— Toujours rien ? demanda une voix derrière elle.

Ivy fit pivoter sa chaise et vit qu'Olivia était assise dans son lit.

— Nous allons manquer de temps, lui dit-elle.

Olivia hocha la tête tristement et étreignit l'oreiller encore plus fort.

— Je sais que mon père ne dirait pas non à ce poste, poursuivit Ivy. Mais nous n'avons plus le temps d'attendre qu'il se le fasse offrir.

— On devrait peut-être suivre les conseils de Sophia, dit Olivia en se frottant les yeux, sauf qu'au lieu de nous enchaîner à la voiture de ton père, on s'enchaînerait aux portes du musée.

Ces dernières paroles donnèrent une idée à Ivy. Elle fit pivoter sa chaise de nouveau et chercha le site Web du musée.

— Ils ouvrent à 10 h le samedi, dit-elle à sa sœur.

— Je n'étais pas sérieuse, lui dit Olivia.

— Mais moi, si, dit Ivy. Nous devons absolument y aller et les obliger à offrir le poste à papa. Aujourd'hui.

— Dans ce cas, dit Olivia en s'étirant, on ferait mieux de demander de l'aide.

★ 🦇 ★

Au beau milieu de l'après-midi, bien emmitouflées sous un amalgame de vêtements chauds, Ivy et sa sœur attendaient nerveusement l'arrivée de Brendan sur le trottoir faisant face à l'élégante façade de marbre du Musée des beaux-arts de Franklin Grove. Ivy avait appelé Sophia et Camilla pour voir si elles pouvaient venir aussi, mais elles avaient déjà d'autres plans pour la journée. Ivy se prit une note mentale à l'effet de trouver le temps de rassembler tout son petit groupe dans les prochains jours; ce serait peut-être la dernière occasion qu'elle aurait de les voir. Elle se sentait comme l'un de ces vampires de série B à qui il ne reste que quelques précieuses minutes avant le lever du soleil et son inévitable transformation en tas de poussière.

Brendan apparut finalement au bout de la rue, vêtu de sa grosse parka noire; le simple fait de le voir rassura Ivy. Elle lui fit un signe de la main et il accéléra le pas. Il la rejoignit, mit ses bras autour d'elle, la fit tomber à la renverse comme dans un numéro de salsa, et déposa un doux baiser sur son cou.

— Gardez ça pour le cimetière, dit Olivia d'un ton impassible, et les deux tourtereaux se mirent à rire.

Puis, tous trois traversèrent la rue, franchirent l'entrée en ardoise et entrèrent dans le musée.

Ivy n'y était pas allée depuis la sixième année et elle avait oublié à quel point cet endroit était extraordinaire. L'intérieur de l'édifice faisait penser à un gigantesque cône; une longue et imposante rampe ornée de sculptures montait en spirale le long du mur. Ivy, Olivia et Brendan se tenaient au centre du plancher de marbre gris qui constituait le rez-de-chaussée; ils pouvaient voir des gens admirer des œuvres d'art sur tous les étages, du velux au poste d'observation au centre du plafond tout là-haut, tel le trou au haut d'un cône.

Olivia s'approcha d'une carte illuminée représentant l'aménagement de l'édifice.

— Le bureau du conservateur est au quatrième étage, dit-elle avant de commencer à monter le long de la rampe.

Ivy ne put s'empêcher de ralentir pour observer quelques œuvres d'art au passage. Il y avait une sculpture grandeur nature représentant un parachutiste et réalisée entièrement à l'aide de fils, ainsi qu'un arbre à l'allure incroyablement réaliste, exception faite des minuscules ouvertures qui avaient été travaillées dans son tronc. Lorsqu'Ivy se pencha pour regarder à l'intérieur de l'une d'elles, elle vit une autoroute en trois dimensions, placée à la verticale, imitant une veine de l'arbre, ainsi que des douzaines de voitures la traversant. Olivia, qui était à côté d'elle, regardait dans un autre trou.

— Génial, dit-elle, des étudiants en arts qui dessinent un modèle vivant !

Chaque ouverture recélait une scène différente.

Au deuxième étage, ils passèrent à côté d'une énorme créature en papier mâché ; on aurait dit un zèbre orné de rayures aux couleurs de l'arc-en-ciel. Il avait d'énormes yeux rouges et des jambes de mille-pattes.

Olivia fronça le nez.

— Celle-ci est bizarre.

— Elle est affreuse, consentit Ivy.

Brendan se pencha un peu pour lire la petite plaque posée à côté de la sculpture.

— Tripes de zèbre, lut-il. Sculpture par Alice Bantam.

Ivy était bouche bée.

— C'est une des œuvres d'Alice !

— Tu imagines si ton père était tombé amoureux d'elle et que tu avais eu à vivre avec quelque chose comme ça ? dit Olivia avec un petit rire.

— Non, répondit Ivy. Merci à la noirceur d'avoir fait échouer ce plan !

Ils suivirent les indications menant au bureau du conservateur et poursuivirent leur chemin le long d'un étroit corridor débouchant sur la rampe principale. À l'autre bout de ce dernier se trouvait une porte givrée sur laquelle était inscrit le nom de monsieur Grosvenor en lettres dorées. Ivy frappa à la porte et, un instant plus tard, monsieur Grosvenor lui-même lui ouvrit ; il était vêtu d'un pantalon gris et d'un chemisier blanc.

— Est-ce que je peux vous être utile ?

Ivy tenta de parler, mais elle était si nerveuse qu'aucune parole ne parvint à sortir de sa bouche.

— Nous sommes venus au sujet du poste de conservateur pour la nouvelle exposition, expliqua Olivia en faisant un pas vers l'avant.

— Ah, dit monsieur Grosvenor en les détaillant tous trois de haut en bas. Je suis certain que vous avez tous beaucoup de talent, mais j'ai bien peur que nous recherchions quelqu'un avec un peu plus d'expérience.

— Ce n'est pas pour nous, dit Brendan en lançant un regard d'encouragement à Ivy.

— Je suis Ivy Vega, balbutia-t-elle enfin.

Le visage de monsieur Grosvenor s'illumina.

— La fille de Charles!

Il lui tendit la main.

— Bien sûr, j'aurais dû te reconnaître. Je viens tout juste de lire le courriel de ton père!

Le cœur d'Ivy fit un bond.

— Et ce doit être ta jumelle, celle dont j'ai entendu parler dans les journaux, poursuivit monsieur Grosvenor.

Olivia donna la main au conservateur, et Brendan se présenta à son tour.

— Soyez les bienvenus, dit monsieur Grosvenor. Entrez, je vous prie.

Il offrit à Ivy, Olivia et Brendan de s'asseoir dans les chaises de plastique moulé blanches qui faisaient face à son bureau. Ce dernier était plutôt vide à l'exception d'un paquet de feuilles et d'un buste d'un vieil homme entièrement fait de trombones.

— Alors, pour quelle raison venez-vous me voir ? demande monsieur Grosvenor en s'appuyant nonchalamment à son bureau.

Ivy avait passé toute la journée à répéter mentalement un discours visant à expliquer pourquoi son père était le candidat idéal pour le poste de conservateur.

— Monsieur Grosvenor, commença-t-elle, je crois que mon père est la personne idéale pour le poste que vous essayez de pourvoir. Il est…

— Je suis complètement d'accord, l'interrompit monsieur Grosvenor.

— Complètement ? répéta Ivy, sous le choc.

— Je ne pourrais imaginer un meilleur candidat, confirma monsieur Grosvenor en souriant. J'appellerai ton père aussitôt que j'aurai l'approbation du conseil.

— Et ce sera quand ? demanda rapidement Olivia.

— Au cours du mois de janvier, lui répondit monsieur Grosvenor, ou peut-être de février.

Ivy sentit son estomac chavirer soudainement, comme si elle venait de faire une chute de cinquante étages.

— Vous ne pouvez pas faire ça plus tôt ? supplia-t-elle.

— Je ne veux pas déranger les autres avant le Nouvel An, dit-il en haussant les épaules.

« J'aurais dû me douter que ce ne serait pas aussi facile », songea Ivy.

Brendan poussa la botte d'Ivy du bout de son pied. Il la fixa droit dans les yeux et elle comprit qu'il voulait qu'elle dise la vérité. Elle regarda Olivia, qui lui fit un signe affirmatif de la tête.

— Quelque chose ne va pas ? demanda monsieur Grosvenor.

— En effet, avoua Ivy.

Les mots commencèrent à débouler les uns après les autres.

— Mon père ne vous a pas envoyé ce courriel, monsieur Grosvenor. C'est moi qui l'ai fait. Nous devons déménager en Europe dans quatre jours, mais je sais que si mon père obtenait ce poste à Franklin

Grove, il resterait. Il a toujours voulu travailler pour ce musée. Vous ne pouvez pas
attendre au Nouvel An. Rendu là, il sera
déjà parti.

Ivy baissa les yeux.

— Et moi aussi, souffla-t-elle.

— Je vois, dit monsieur Grosvenor, l'air
déçu.

D'une main, il lissa la mèche de cheveux
blancs qui se trouvait sur le côté de sa tête.

— Je n'aurais jamais dû falsifier ce courriel, dit Ivy, honteuse. Je sais que ce n'était
pas bien, je suis désolée.

Monsieur Grosvenor se rendit lentement jusqu'à sa chaise et prit le téléphone.

« Il appelle la police ! » se dit Ivy, totalement paniquée.

— Est-ce que tu pourrais me redonner
le numéro de téléphone de ton père ? dit
monsieur Grosvenor.

Ivy et Olivia inspirèrent profondément.

— Après tout, dit le conservateur avec
un sourire, Charles Vega ne peut pas quitter
Franklin Grove sans même avoir eu *connais-
sance* de ce poste.

Tandis qu'il composait le numéro, Ivy
tendit une main à Olivia et une autre à
Brendan.

« C'est notre dernière chance », se dit-elle.

— Bonjour, Charles ? Ici Walter Grosvenor. Je suis désolé de vous déranger un samedi, mais une possibilité d'emploi unique vient de s'ouvrir au musée pour vous, et je crois que vous devriez la prendre sérieusement en considération.

Olivia, Brendan et Ivy étaient assis sur le bout de leur chaise tandis qu'ils écoutaient monsieur Grosvenor décrire le poste. Puis, il attendit la réponse du père d'Ivy.

— Bien sûr, bien sûr, dit-il en hochant la tête de façon encourageante à l'intention de ses trois auditeurs.

Ivy, excitée, serra la main de sa sœur et de son amoureux très fort.

Mais, à ce moment, le visage de monsieur Grosvenor changea.

— Oui, dit-il.

Il regarda son bureau et griffonna quelque chose sur un morceau de papier.

— Mmh, mmh.

Brendan lâcha la main d'Ivy et posa la sienne sur son épaule.

— Je comprends, dit doucement monsieur Grosvenor. Bien sûr. Merci.

Il raccrocha doucement le combiné et secoua la tête.

— Je suis désolé, dit-il. Charles avait l'air vraiment intéressé, mais il a confirmé son engagement pour ce poste en Europe, et il a dit qu'il se sentirait très mal de tout abandonner comme ça, à la dernière minute.

Ivy sentit tout son corps s'effondrer. Olivia lâcha sa main et se couvrit le visage.

— Il semble bien que nous nous y soyons pris trop tard après tout, dit monsieur Grosvenor d'une voix déçue.

Ivy ne pouvait penser qu'à une chose : tout était terminé.

— Nous vous remercions pour votre temps, monsieur Grosvenor, dit Brendan après un moment.

Puis, il entraîna Ivy et Olivia dans le corridor et les guida lentement le long de la rampe. Ils s'engagèrent dans la spirale, tourbillonnant de plus en plus, et Ivy sut qu'elle ne pouvait plus rien faire pour éviter de toucher le fond.

Olivia et les autres se tenaient dehors, dans l'énorme cour en pierre qui se trouvait devant le musée ; le vent glacial fouettait son visage. Ses yeux commencèrent à se remplir d'eau, mais elle ne pouvait pas dire si cela était causé par le froid ou le fait qu'elle savait qu'elle perdrait bientôt sa sœur et son père.

— Il ne part pas à cause du poste, dit-elle doucement. Il part à cause de moi.

Olivia s'attendait à ce que sa sœur tente de la convaincre du contraire, mais, lorsqu'elle la regarda dans les yeux, elle comprit qu'elle en était arrivée à la même conclusion.

— Il est fermement décidé à nous séparer, dit Ivy, tout comme il l'a fait quand nous avions un an.

Le téléphone d'Olivia sonna. Elle resta immobile un long moment, comme figée par le désespoir, avant de décider d'y répondre.

— Allô ?

— Salut, Olivia ! C'est Camilla. Comment ça s'est passé au musée ?

— Notre père a eu le poste, répondit Olivia d'une voix terne.

Il y eut un cri de joie à l'autre bout de la ligne.

— Et ensuite, il l'a refusé, termina-t-elle.

En face d'elle, Ivy et Brendan se firent un câlin.

— Oh non, dit doucement Camilla. Je suis désolée.

— Oui, dit Olivia en haussant les épaules, moi aussi.

— Je crois que tu aurais besoin de te changer les idées un peu, ajouta Camilla. Est-ce que tu voudrais aller jouer aux quilles ? J'ai un coupon pour deux parties gratuites. Ivy et Brendan pourraient venir aussi.

Olivia mit sa main devant le microphone de son téléphone.

— Camilla veut qu'on aille jouer aux quilles avec elle, leur dit-elle.

— Je n'ai pas envie de m'amuser, dit Ivy.

— Moi non plus, consentit Olivia.

— Allez, les jumelles, protesta Brendan. Allez-vous passer vos dernières journées ensemble à Franklin Grove à bouder et à pousser de grands soupirs ? Ou allez-vous essayer d'en profiter au maximum ?

— Je suis une boudeuse professionnelle, répondit Ivy avec un faible sourire.

— Et mes soupirs sont très dramatiques, dit Olivia en en faisant la démonstration.

Mais Brendan ne se laissa pas abattre.

— Tu adores les quilles, Ivy. C'est le seul sport qui possède une boule entièrement noire. Et tu adores les chaussures qu'il faut porter pour y jouer.

Ses yeux noirs brillaient d'espoir tandis qu'il regardait Ivy d'un air implorant.

— D'accord, accepta finalement Ivy contre son gré.

« Et puis, pourquoi pas », se dit Olivia.

Elle replaça le téléphone contre son oreille.

— Camilla ? Prépare les allées pour notre arrivée.

Brendan ouvrit la porte du salon de quilles et le vacarme des boules roulant et des quilles tombant dans les allées se fit entendre. Les yeux d'Ivy s'ajustèrent à l'éclairage intérieur et elle aperçut Sophia, debout à côté de Camilla, souriant de façon encourageante, son appareil photo dans les mains. En fait, elles étaient toutes deux entourées d'une foule d'étudiants de leur école.

— SURPRISE ! cria la foule tandis qu'une bannière, sur laquelle on pouvait lire TU NOUS MANQUERAS, IVY ! tombait du plafond.

Le duvet du cou d'Ivy se dressa.

— Vous n'avez pas fait ça! cria-t-elle dans le salon de quilles.

Il y eut un flash en provenance de l'appareil photo de Sophia, et toute la foule se mit à rire et à applaudir.

— Quand je pense qu'on ne voulait même pas venir! chuchota Olivia, émerveillée.

Sophia et Camilla se précipitèrent vers les jumelles en courant.

— Sophia m'a dit à quel point tu adorais les quilles, expliqua Camilla en faisant un câlin à Ivy, et ce salon de quilles appartient à mon oncle.

— Camilla a été la directrice funéraire de tout cet événement, avoua Sophia.

— Je ne peux pas croire que vous ne m'avez rien dit de tout ça, dit Olivia en faisant un câlin à Camilla. J'aurais pu vous aider!

— Nous voulions tout planifier toutes seules, répondit fièrement Camilla. De toute façon, Ivy et toi aviez d'autres choses à faire, comme les plans A et C.

Camilla et Sophia dirigèrent Ivy, Olivia et Brendan de l'autre côté de la salle, qui était bouclée par un cordon de velours noir.

Tout le monde était là : Toby Decker et le reste du personnel du *Scribe* de Franklin Grove, son groupe d'étude de mathématiques et les membres du comité de planification du bal de la Toussaint.

Mademoiselle Everling, de la bibliothèque, s'approcha et serra l'épaule d'Ivy.

— Alors, «ton amie» déménage, c'est ça ? dit-elle. Eh bien, il n'y a aucune raison pour qu'elle ne puisse pas revenir nous rendre visite.

Elle fixa une épinglette grise sur le chandail noir à manches longues d'Ivy qui disait *Do you speak English ?*

Quelques minutes plus tard, Ivy discutait avec Mélissa, qui avait été responsable du comité de planification du bal de la Toussaint, lorsque deux gros craquements fendirent l'air. Elle se retourna et vit que Camilla se tenait au centre d'une allée, une quille dans chaque main. Sophia était à côté d'elle et tenait quelque chose derrière son dos. Camilla frappa les quilles ensemble une troisième fois et la foule devint silencieuse.

— Nous demandons à notre invitée d'honneur de se joindre à nous dans l'allée numéro neuf, annonça Sophia.

Ivy se fraya un chemin à travers ses amis. Brendan serra brièvement sa main lorsqu'elle passa à côté de lui. Elle était sur le point de franchir la ligne de l'allée numéro neuf lorsque Sophia secoua la tête.

— Non, non, non, dit-elle gaiement.

— Pas de chaussures inappropriées dans les allées, s'il vous plaît, ajouta Camilla.

Ivy leva les yeux au ciel, se pencha, défit les lacets de ses bottes et les rejoignit en chaussettes.

— Tous ceux qui connaissent Ivy, dit Camilla en parlant plus fort, connaissent aussi son style très particulier. Ce qui a l'air ridicule sur nous a toujours l'air *cool* sur elle.

— Et il y a un accessoire, continua Sophia, qu'elle a toujours rêvé d'avoir en sa possession.

Camilla et Sophia regardèrent les pieds d'Ivy avec un regard entendu.

— Des chaussures de quilles ! dirent-elles à l'unisson.

Sophia sortit la boîte de derrière son dos.

Ivy la saisit et en arracha le couvercle. À l'intérieur, elle découvrit une paire de chaussures de quilles noir et blanc avec des semelles lisses de couleur rouille.

« Elles sont mortelles ! » songea-t-elle.

Elle les laissa immédiatement tomber sur le sol et glissa ses pieds à l'intérieur. Elles étaient absolument parfaites.

— Tout le monde a contribué, lui dit Sophia.

Ivy regarda la foule, qui lui souriait.

— Je vous remercie beau…

Elle ne put terminer sa phrase ; des larmes commencèrent à couler le long de ses joues.

Ivy leva les yeux et aperçut Garrick Stephens et les Bêtes qui se frayaient un chemin à travers la foule. Garrick se figea lorsqu'il vit qu'elle pleurait.

— Nous voulions seulement venir te dire au revoir ! protesta-t-il. Avoir su que ça te déprimerait à ce point, on ne se serait jamais incrustés dans cette fête.

Tout le monde rit, y compris Ivy.

« Je suis certaine qu'il n'y a personne comme Garrick Stephens en Europe », se dit-elle.

— Je vais même m'ennuyer de vous, les Bêtes, dit Ivy en souriant à travers ses larmes.

Olivia la rejoignit dans l'allée et lui tendit un mouchoir. Ivy s'essuya les yeux, et le mouchoir fut noirci de maquillage.

— Je suis si chanceuse, dit Ivy le plus fort qu'elle put, d'avoir des amis comme vous tous. Je ne veux vraiment, vraiment pas déménager. Mais au moins, je partirai en sachant qu'il y a des gens ici qui m'aiment.

Sophia lui fit un énorme câlin et Camilla, Brendan et Olivia s'ajoutèrent à cette étreinte.

— Tu auras toujours des amis à Franklin Grove, lui chuchota Sophia à l'oreille.

— Vous voulez dire que vous n'allez pas vous enchaîner à la voiture de mon père? les taquina Ivy.

— Peut-être qu'on le fera, lui répondit Sophia en souriant à travers ses larmes.

Enfin, les cinq amis se séparèrent et se retournèrent pour faire face à la foule, se tenant tous par la taille.

— Jamais je ne vous oublierai, promit Ivy.

Elle s'essuya les yeux une dernière fois et leva un bras dans les airs.

— Maintenant, jouons aux quilles!

CHAPITRE 9

Olivia et Ivy étaient assises sur un banc tandis que les derniers invités ramassaient leurs effets personnels.

Toby Decker les rejoignit pour leur dire au revoir.

— Aimerais-tu rédiger une rubrique régulière en tant que journaliste invitée pour le *Scribe* sur ton expérience de citoyenne découvrant Europe ? lui demanda Toby en souriant.

Les yeux d'Ivy s'écarquillèrent.

— Tu es sérieux ?

— Tu es notre meilleur journaliste, lui dit Toby.

— Ce serait mortel, dit Ivy avec gratitude. Merci, Toby.

— C'est trop génial ! s'exclama Olivia une fois qu'il se fut éloigné.

Ivy ne sembla toutefois pas l'entendre ; elle regardait fixement le vide.

— Est-ce que ça va ? lui demanda Olivia en la poussant légèrement.

— J'étais juste perdue dans mes pensées, dit Ivy en haussant les épaules. J'ai tellement mis d'efforts à essayer de faire changer d'idée à papa qu'il ne m'est jamais venu à l'esprit d'organiser quelque chose comme ça pour lui. Ça fait plus de 10 ans qu'il est à Franklin Grove, après tout. Il devrait avoir droit à une fête de départ lui aussi.

— C'est une excellente idée ! s'exclama Olivia. Lui rappeler toutes les personnes dont il s'ennuiera pourrait être un excellent moyen de lui faire changer d'avis.

— Ça me surprendrait, dit Ivy, mais il se sentirait bien, et c'est peut-être assez.

Olivia hocha la tête. Elle connaissait monsieur Vega — son père — depuis si peu de temps, que ce serait bien de faire quelque chose pour lui avant qu'il ne disparaisse définitivement de sa vie.

— De quoi parlez-vous ? demanda Brendan en se penchant par-dessus les épaules des filles.

— On aimerait organiser une fête de départ pour notre père, répondit Ivy. Est-ce que tu crois qu'il est trop tard ?

— En temps normal, on n'aurait pas assez de temps, avoua Brendan.

Il fit signe à Camilla et à Sophia de venir les rejoindre.

— Mais la bonne nouvelle, dit-il tandis qu'elles s'approchaient, c'est que tu as les membres de l'opération ACDIDE à ta disposition !

À 10 h pile, le lendemain matin, Ivy convoqua la dernière réunion de l'opération ACDIDE dans la salle familiale de la demeure d'Olivia. Camilla, Olivia, Sophia et Brendan étaient tous présents.

Ivy faisait les cent pas sur le tapis bleu des Abbott, devant le canapé sur lequel ses comparses étaient assis, tous vêtus de leurs survêtements de coton molletonné.

— Nous avons exactement huit heures pour planifier et exécuter la fête de départ de mon père, dit Ivy. Synchronisez vos montres.

Tous regardèrent leur montre, sauf Brendan.

— J'ai oublié ma montre, dit-il en grimaçant, mais je peux utiliser mon téléphone cellulaire.

Ivy lui fit de gros yeux en faisant mine d'être très sérieuse.

— Tu ferais mieux de te remuer, Daniels, ou tu vas te ramasser à faire la vaisselle à la fin de la soirée !

Elle jeta un coup d'œil au reste du groupe.

— Première chose à l'ordre du jour : les invités. En ce moment, nous n'en avons aucun. Nous avons besoin d'invitations, et vite. Y a-t-il des volontaires ?

Camilla leva la main.

— Je peux créer quelque chose sur l'ordinateur des parents d'Olivia, dit-elle en indiquant le bureau situé dans le coin.

— Vas-y ! commanda Ivy, et Camilla se précipita de l'autre côté de la pièce.

Sophia leva la main et Ivy pointa un doigt dans sa direction.

— Pourquoi tu agis comme si tu étais dans un mauvais film d'action et que tu dirigeais une équipe tactique ? demanda Sophia.

Olivia et Brendan ne purent s'empêcher de rire.

— Parce que je déménage en Europe dans trois jours et que j'ai le droit de faire tout ce que je veux, répondit Ivy d'un air impassible.

Elle fit un petit sourire.

— En plus, ajouta-t-elle, j'ai retrouvé ces pantalons cargo pendant que je faisais mes valises, et je les trouve totalement mortels.

— C'est vrai qu'ils sont plutôt géniaux, consentit Olivia.

— Maintenant, continua Ivy, qui veut s'occuper de livrer les invitations et de répandre la nouvelle aussi vite que possible?

— Brendan et moi, dit Sophia. Nous courons plus vite que, tu sais, la plupart des gens.

— J'ai déjà fait partie de l'équipe d'athlétisme! offrit Camilla.

Mais Ivy savait ce que Sophia voulait dire — les vampires étaient nettement supérieurs aux humains en termes de force et de rapidité.

— Ne t'en fais pas, Edmunson, il y aura amplement de tâches à distribuer. Qui plus est, tu n'es avec nous que jusqu'à 16 h.

Camilla animait un grand forum en ligne pour les mordus de science-fiction ce soir, et elle ne pourrait donc pas assister à la fête — ce qui était pour le mieux, car il y allait y avoir une tonne de vampires.

— La prochaine chose dont nous allons avoir besoin, continua Ivy, c'est une liste d'invités. Nous voulons qu'un maximum d'amis et de connaissances de mon père puissent venir, même avec un délai aussi court. Abbott, crayon et papier ?

— Je suis prête, dit Olivia, en levant son attirail dans les airs.

— Que le remue-méninge commence ! déclara Ivy.

Ils se mirent tous à nommer des gens, et Olivia prit leurs noms en note à toute vitesse. En moins de 15 minutes, ils avaient réussi à dresser une liste de près de 75 invités.

— Incroyable ! dit Olivia en massant sa main endolorie. Ton père est presque aussi populaire que toi, Ivy !

Camilla se leva d'un bond, récupéra une feuille qui sortait de l'imprimante et la tendit à Ivy. Il y avait un carré noir, de l'écriture blanche et un petit avion blanc sur le dessus.

— Vous êtes invités, lut-elle à voix haute, à venir faire vos adieux chaleureux à

Charles Vega, qui quittera bientôt Franklin Grove pour profiter d'excitantes opportunités outre-mer.

Elle frappa légèrement la feuille du bout de son ongle noir.

— Excellent travail, Edmunson ! Imprimons-en 100 copies et donnons-les à nos coureurs attitrés DQVP.

— Tu veux dire DQP, non ? dit Camilla.

« Oups », se dit Ivy.

Elle avait accidentellement utilisé l'acronyme pour « Dès que vampiriquement possible ».

— Oui, répondit-elle rapidement.

Sophia et Brendan enfilèrent leur manteau et, aussitôt que les invitations furent imprimées, se précipitèrent à l'extérieur pour les livrer.

— Qu'est-ce que je peux faire d'autre ? demanda Camilla avec enthousiasme.

Olivia feuilleta ses notes et leva les yeux vers elle.

— Nous devons aller au supermarché pour acheter des assiettes et des verres en carton.

— C'est comme si c'était déjà fait ! répondit Camilla en enfilant son manteau.

Lorsqu'elle fut partie, Olivia lança le combiné de téléphone à Ivy, qui composa illico le numéro du marché du sang.

— Le gérant des traiteurs, s'il vous plaît, demanda Ivy. Bonjour, Monsieur Bobovitch, c'est Ivy Vega. J'appelle parce que nous donnons une fête surprise pour le départ de mon père ce soir.

Elle commanda une bonne quantité de petites bouchées à faire livrer chez elle le soir même.

— Et j'espère que vous pourrez venir aussi, Monsieur Bobovitch, ajouta-t-elle. Mon père a toujours dit que vous étiez le meilleur traiteur à l'extérieur de la Transylvanie. Et assurez-vous d'inviter toute personne que vous pensez intéressée à venir.

— Bien sûr, Ivy, répondit monsieur Bobovitch. Tout le monde a été bien triste d'apprendre que votre père nous quittait. Je connais beaucoup de personnes qui voudront venir lui faire leurs adieux.

Ivy raccrocha et redonna le combiné à sa sœur.

— Et maintenant?

Olivia jeta un coup d'œil à son cahier.

— Maintenant que les invitations et le traiteur sont réglés, il ne reste plus qu'à décorer ta maison. On peut s'y rencontrer cet après-midi. Si on travaille ensemble, ça ne devrait pas nous prendre plus de deux heures.

— Ça ne marchera pas, se rendit compte Ivy. Papa va être à la maison toute la journée pour finir d'emballer nos affaires.

Olivia fronça le nez.

— Comment on va lui organiser une fête surprise si on ne peut même pas le surprendre ?

Ivy se plissa les lèvres, songeuse.

— Ça va nous prendre une opération secrète.

Un plan commença à se dessiner dans son esprit.

— Plus tard, cet après-midi, nous irons chez moi, et tu te faufileras à l'arrière. Tu te cacheras dans ma chambre pendant que je convaincrai mon père de m'emmener au centre commercial. Je le garderai occupé jusqu'à environ 19 h ; rendu là, tous les invités devraient être arrivés.

— Excellent, approuva Olivia. Ça veut dire que Brendan, Sophia et moi aurons environ deux heures pour tout préparer.

Elle se leva et fit un salut de soldat à sa sœur, qui lui en fit aussi un en retour. Toutes deux éclatèrent de rire.

★ ★

Comme elles avaient quelques heures de libres avant de se diriger chez Ivy, Olivia invita sa sœur à la cuisine pour manger un morceau. Ses parents étaient partis rendre visite à des amis qui venaient tout juste d'avoir un bébé, alors Ivy et elles étaient seules à la maison.

En regardant Ivy grignoter une galette de bœuf haché cru tandis qu'elle se délectait d'une salade de thon, Olivia ne put s'empêcher de s'émerveiller devant tout ce qui les différenciait, mais aussi devant tout ce qui les avait unies en si peu de temps.

— Tu sais, dit Ivy en chiffonnant sa serviette de table, il n'y a qu'une personne qui connaisse toute la vérité sur les raisons pour lesquelles notre père a choisi de déménager.

— Qui ? demanda Olivia.

— Notre père lui-même, répondit Ivy d'un ton décidé. Olivia, nous devons le confronter, poursuivit-elle.

— Oui, mais si jamais il capote complètement ? dit Olivia. Il pourrait faire quelque
chose de très radical.

Ivy leva les sourcils.

— Tu veux dire, comme déménager en
Europe ?

« C'est un bon point », se dit Olivia.

— Qu'est-ce qu'on a à perdre ? insista
Ivy.

Olivia se creusa le cerveau.

— Rien, avoua-t-elle enfin.

« Il devrait au moins savoir que je sais
qu'il est mon père avant de partir. »

— Nous le ferons demain, décida Ivy.

Olivia eut un mauvais pressentiment,
mais elle tenta de l'ignorer.

— D'accord, dit-elle, mais concentrons-
nous d'abord pour lui organiser la meilleure
fête de tous les temps.

Un peu plus tard, Olivia et Ivy se rendirent
chez cette dernière afin de mettre la dernière partie de leur plan à exécution. Olivia
attendit cinq minutes, comme convenu,
avant de suivre sa sœur le long de la longue

entrée menant à la maison située au sommet de la Colline du fossoyeur.

Depuis qu'Ivy et elle avaient décidé de confronter leur père, Olivia n'avait pas été capable de se débarrasser du mauvais pressentiment qui l'habitait.

«Peut-être que mon père n'est pas le seul à avoir peur de la vérité», se dit-elle.

Elle se contraignit à mettre un pied devant l'autre et amorça l'ascension de l'entrée givrée. Son sac de toile pesait lourd sur ses épaules; il était rempli des décorations restantes du bal de la Toussaint.

Elle se faufila à l'arrière de la maison, ouvrit la fenêtre du sous-sol, balança son sac à travers cette dernière et s'y glissa discrètement. Elle se cacha près des escaliers menant au sous-sol; de là où elle se trouvait, elle pouvait entendre la discussion d'Ivy et de son père.

— Allons, Ivy, tu n'es pas raisonnable. Tu n'as pas besoin que je t'emmène au centre commercial, disait-il. Je dois terminer d'emballer toutes nos affaires.

— Tu dois absolument m'y emmener, supplia Ivy. J'ai besoin… d'un livre pour l'avion. Et je n'ai plus de dentifrice. Et mon sac est trop petit. Et je n'ai même pas d'ensemble de ski !

— Mais tu ne fais même pas de ski !

— Tu veux vraiment que je me présente au pensionnat sans même un ensemble de ski ? gémit Ivy en affectant un ton peiné.

Olivia se mordit la langue pour s'empêcher de rire.

— C'est notre dernière chance d'obtenir des prix abordables, papa. Lorsque nous serons en Europe, il n'y aura que des marques de designer très chères.

— D'accord, capitula-t-il enfin. Laisse-moi aller chercher mes clés.

Aussitôt qu'elle entendit la porte d'entrée se refermer, Olivia se précipita à l'étage pour commencer à décorer la maison. Elle faillit en échapper ses pompons lorsqu'elle jeta un coup d'œil au salon : il était complètement submergé de boîtes de carton. Il y en avait absolument partout : sur la table basse, sur le canapé, sur toutes les chaises. Le plancher était tellement rempli qu'elle eut de la difficulté à trouver une petite place pour déposer son sac.

Elle n'avait pas le choix ; elle allait devoir empiler toutes les boîtes contre l'un des murs afin de faire de la place pour la fête. Peut-être pourrait-elle aussi installer une bannière ou quelque chose du genre devant afin que la pièce n'ait pas l'air trop en désordre?

Elle se retroussa les manches et se mit au travail. Peu de temps après, elle avait réussi à élever une tour de boîtes aussi haute qu'elle. Elle poussa délicatement sur cette dernière afin d'en vérifier la solidité.

«Une dernière petite boîte sur le dessus», décida-t-elle en jetant un coup d'œil au plancher.

Elle en aperçut justement une qui avait la taille parfaite. Lorsqu'elle se pencha pour la prendre, toutefois, elle fut fort surprise par son poids.

«Qu'est-ce qu'il y a là-dedans?» se demanda-t-elle.

Le mot BIBLIOTHÈQUE était inscrit en gros, à l'aide d'un marqueur noir, sur l'un des côtés de la boîte.

Olivia réussit à glisser ses doigts sous cette dernière et utilisa la force de ses jambes pour arriver à la soulever.

«Aïe!» gémit-elle.

C'était comme d'essayer de transporter une immense roche. Lorsqu'elle atteignit enfin l'autre extrémité de la salle, elle eut l'impression que ses bras allaient se détacher de son corps. Elle ferma les yeux, prit trois petites respirations, puis, comme une haltérophile, leva la boîte au-dessus de sa tête. Ses bras tremblaient violemment.

« J'ai réussi ! » se dit-elle.

Tout d'un coup, le poids de la boîte se déplaça et elle la sentit lui glisser des mains.

— Ahhhhhhh !

La boîte tomba sur le sol dans un énorme fracas ; elle se fendit et répandit son contenu un peu partout dans la pièce.

« Eh bien, j'ai *presque* réussi », se dit Olivia.

Elle poussa un long soupir et se pencha pour ramasser le tout. Elle tomba sur une petite boîte de bois et la retourna ; c'était celle qu'Ivy et elle avaient découverte dans la collection privée de leur père, celle qui contenait la photo du mariage de leurs parents. Puis, le regard d'Olivia se posa sur un petit livre noir qui s'était ouvert en tombant, face contre sol, tout près de la boîte. Sur la couverture, une année était gravée en caractères dorés.

« C'est l'année de ma naissance », vit Olivia, secouée.

Elle ramassa le livre, le retourna, et se retrouva devant une page noircie d'une écriture fine et élégante. La première entrée datait de peu après sa naissance, et celle d'Ivy, bien entendu.

Je me sens comme si j'avais été enterré
sans cercueil, prisonnier de la noirceur,
sans aucun espoir de revoir un jour la
lumière. Susannah était ma lumière,
mais elle ne brillera plus jamais sur
cette terre par ma faute.

« Qu'est-ce qu'il veut dire par « ma faute » ? » se demanda Olivia.

Elle vit son nom inscrit un peu plus bas.

Depuis la nuit où elles sont venues au
monde — nos filles, Olivia et Ivy — je
vois la beauté de Susannah se refléter
dans leurs visages. Mais si jamais elles
étaient aussi condamnées que notre
amour ? Je sais maintenant qu'il y a
une raison pour laquelle les anciennes
légendes existent et racontent les
conséquences désastreuses des relations
amoureuses entre les humains et les
vampires.

Olivia tourna la page d'une main tremblotante.

Susannah est morte en donnant nais-
sance à nos filles. Son corps d'humaine
n'a pas su composer avec le sang vam-
pirique qui a coulé dans ses veines.
Olivia et Ivy ne sont pas des monstres.
Elles sont des anges. C'est moi qui suis
le monstre. J'ai choisi de ne pas respec-
ter les vieilles traditions, et Susannah a
subi les conséquences de mes actes.

Je ne peux défaire le mal que j'ai
fait. Mais je jure d'élever nos filles avec
le même amour suprême dont Susannah
m'a fait grâce. Mon âme ne pourra peut-
être pas être sauvée, mais je ferai tout en
mon pouvoir pour sauver la leur.

Olivia déposa le livre et ferma les yeux. Elle avait besoin d'un moment pour digérer ce qu'elle venait de lire.

« Notre mère n'est pas morte dans un accident comme l'indiquait la rubrique nécrologique du journal d'Andover, comprit-elle. Elle est morte en nous donnant nais-sance. Et notre père s'est blâmé toute sa vie pour ça. »

Pourtant, il était clair qu'il n'avait pas voulu séparer Ivy et Olivia au départ. Il avait voulu les élever ensemble.

«Mais qu'est-ce qui s'est passé?», se demanda-t-elle.

Olivia feuilleta rapidement le journal; il traitait en long et large de l'expérience de monsieur Vega en tant que père d'un bébé humain et d'un bébé vampire.

Olivia a tenté de boire à même la bouteille d'Ivy aujourd'hui; j'étais terrifié.

À tous les trois ou quatre paragraphes, il y avait une nouvelle mention de sa mère et de sa mort. La culpabilité de son père semblait s'aggraver de jour en jour.

Enfin, Olivia arriva à la dernière entrée, datée du jour précédant son premier anniversaire. Elle prit une grande inspiration.

Pendant toute une année, j'ai tenté de me faire croire que je pourrais élever Olivia et Ivy ensemble, en toute sécurité. Leur mère est morte parce que j'ai ignoré les avertissements des autres et que j'ai mélangé mon sang de vampire à son sang d'humaine — pourrait-il y avoir une plus

grande preuve des horreurs qui les atten-
dent si jamais elles restent ensemble ?
Pourtant, je les ai obligées à vivre comme
des âmes jumelles, contre le bon sens,
contre la nature même des choses, parce
que j'avais besoin d'un peu de réconfort.

Mais plus que tout, j'ai peur pour
Olivia. Même si elle pouvait grandir
dans ma demeure sans aucun incident,
je n'aurais aucun moyen de l'empêcher
de découvrir le Secret du sang. Elle
serait contrainte de vivre sa vie parmi
les vampires et, un jour, elle pourrait
vouloir se marier. Elle ignorera mes
avertissements contre le mélange des
races, tout comme j'ai ignoré les avertissements de mes parents. Et si jamais elle
voulait des enfants ?

J'ai juré sur le tombeau de Susannah
que je ne répéterais pas la même erreur
une seconde fois. Je dois abandonner
Olivia afin qu'elle puisse être élevée dans
une famille humaine. Je l'aime tellement que mon cœur éclate à cette seule
pensée. Mon âme hurle de ne pas faire
une telle chose, mais je ne laisserai pas
mon égoïsme la mettre en danger. Plus
maintenant.

Une gouttelette d'eau tomba sur la page, et Olivia se rendit compte qu'elle pleurait. Elle déposa le livre et laissa ses larmes couler le long de ses joues.

« Il ne déménage pas pour s'éloigner de moi, se dit-elle. Il essaie de me protéger. »

Elle sourit à travers ses larmes.

« Il m'aime ! Mon père m'aime. »

Elle se rendit à la toute dernière page du journal, sur laquelle se trouvaient seulement quelques lignes, suivies d'un grand espace blanc.

Je préfère dire à Ivy qu'elle est adoptée plutôt que de lui révéler mon terrible secret. Elle ne connaîtra jamais sa mère. Elle ne connaîtra jamais sa sœur. Notre seul espoir est de laisser le passé derrière nous. C'est le mieux que je puisse faire pour nos filles, et la moindre des choses que je puisse faire pour ma Susannah, puisse-t-elle reposer éternellement en paix.

Olivia referma le livre et appuya sa tête sur le côté de la boîte.

« J'aurais aimé qu'Ivy soit ici », songea-t-elle désespérément.

Elle pensa à l'appeler sur son cellulaire, mais elle ne pouvait, en aucun cas, annoncer ce genre de nouvelle à sa sœur alors qu'elle se trouvait au centre commercial avec leur père.

Olivia entendit sonner à la porte et elle regarda sa montre.

« C'est Sophia et Brendan », se dit-elle, toujours secouée.

Elle essuya son visage contre la manche de son chandail et remit rapidement le journal, la boîte de bois et tous les autres articles de la bibliothèque dans la boîte de laquelle ils étaient tombés.

— Hé... est-ce que ça va? demanda Sophia lorsqu'Olivia lui ouvrit la porte.

— On dirait que tu as pleuré, remarqua Brendan.

« Ce ne serait pas juste de tout leur raconter avant de l'avoir dit à Ivy », décida Olivia.

— Ça doit être à cause de la poussière, dit Olivia en haussant les épaules et en s'essuyant le nez.

Elle s'efforça de se replonger dans une ambiance festive.

— J'étais en train de déplacer toutes les boîtes contre le mur du salon. Entrez. Nous avons beaucoup de décoration à faire !

Tandis que la voiture du père d'Ivy remontait l'allée, cette dernière jeta un coup d'œil sur le cadran du tableau de bord ; il était 19 h 05.

« J'espère que beaucoup de gens se sont présentés, se dit-elle avec nervosité. Et j'espère que mon père ne sera pas fâché que j'aie invité autant de personnes chez nous ! »

Lorsqu'il eut garé sa voiture, son père en sortit et fit le tour de cette dernière pour ouvrir le coffre de la valise, rempli des sacs.

— Eh bien, dit-il, j'espère que tu as tout ce qu'il te faut pour l'Europe maintenant.

— Oui, merci papa, dit Ivy.

Il s'empara des sacs et monta les escaliers. Ivy lui emboîta rapidement le pas.

— Je vais t'ouvrir, dit-elle.

Elle ouvrit lentement la porte pour lui et le laissa pénétrer en premier dans le salon sombre. Soudainement, Ivy le sentit se raidir, comme si quelque chose n'allait pas.

— Ivy, dit-il rapidement, est-ce qu'il y a quelque chose…

— Surprise !

Un chœur de voix retentit dans la noirceur, et le père d'Ivy fut si surpris qu'il en échappa tous ses sacs.

Les lumières s'allumèrent subitement, révélant ainsi une foule d'invités occupant tout l'espace devant le foyer ainsi que le premier palier du grand escalier. Olivia était perchée sur l'une des balustrades, un chapeau de fête sur la tête.

Le père d'Ivy était bouche bée. Il balbutia et bafouilla, mais ne put rien dire. Enfin, il se retourna vers sa fille, sous le choc.

— Est-ce que tu étais au courant de tout ça ? demanda-t-il à Ivy.

— C'était mon idée, lui répondit-elle en souriant.

Les yeux de son père s'attendrirent, mais, avant qu'il ne puisse prononcer une seule parole, la foule s'approcha de lui pour lui donner de petites tapes dans le dos et lui serrer la main.

Ivy jeta un coup d'œil dans la salle ; on aurait dit que tous les vampires de Franklin Grove étaient au rendez-vous, et plus encore ! Il y avait monsieur Grosvenor, le conservateur du musée, Vincent, le boucher, et même le Dr Pane Lee, leur dentiste.

Georgia Huntingdon, de la revue *Vamp*, avait pris l'avion spécialement pour cette occasion. Alice Bantam était également là, vêtue de ce qui ressemblait à des bottes de pluie et à un sac de plastique jaune et gris. Même mademoiselle Everling était venue! Ivy aperçut aussi Brendan, entouré de ses parents et de Bethany, de l'autre côté de la salle, et elle lui envoya la main. Il leva son pouce dans les airs en guise de félicitations. Elle lui envoya un baiser en retour, qu'il attrapa dans le creux de son cou.

Soudainement, la foule commença à s'agiter.

— Un discours! Un discours!

Ivy joignit les voix.

— Oui, oui, ça vient, dit monsieur Vega en levant les mains dans les airs. N'en perdez pas vos crocs!

Tout le monde éclata de rire.

— J'aimerais tout d'abord remercier ma superbe fille, Ivy, d'avoir planifié ceci.

La foule se mit à applaudir, et Ivy ne put s'empêcher de rayonner de bonheur.

— J'aimerais également vous remercier de votre présence, continua-t-il. Mais, plus encore, j'aimerais remercier chacun d'entre vous de m'avoir si chaleureusement accueilli dès mon arrivée dans cette ville. Franklin Grove sera toujours mon véritable chez-moi. Et je vous considérerai toujours, chacun d'entre vous, comme ma véritable famille.

Sa voix s'étouffa.

— Ça me brise le cœur de vous laisser.

On entendit des «ahhh» et des acclamations fuser de partout.

— Ceci étant dit, profitez bien de la fête! conclut-il.

Ivy remarqua qu'Olivia applaudissait, toujours appuyée contre la balustrade, mais que sa bouche semblait hésiter entre un sourire et une moue triste.

CHAPITRE 10

Olivia vit qu'Ivy se frayait un chemin dans sa direction à travers la foule. Elle descendit de son perchoir et alla à sa rencontre ; les deux sœurs se firent un énorme câlin.

— La maison est belle à en mourir, lui dit Ivy.

— Je dois te parler, lui dit Olivia d'un ton sérieux.

Elle allait continuer, mais elle remarqua que leur père s'approchait d'elles. Il arriva derrière Ivy et lui fit un câlin.

— Je sais à quel point ça a été difficile pour toi d'accepter ce déménagement, dit-il, et je suis d'autant plus reconnaissant que tu aies fait tous ces efforts pour moi.

— Olivia a contribué aussi, dit Ivy. Je n'y serais pas arrivée sans elle.

Monsieur Vega fit un pas hésitant vers Olivia. Il prit une grande inspiration et lança abruptement ses bras autour d'elle.

— Merci, Olivia, dit-il.

— Pas si fort, s'exclama-t-elle.

Son père la relâcha immédiatement.

— Est-ce que je t'ai fait mal ? demanda-t-il, paniqué.

— Non, non, je vais bien, le rassura-t-elle.

« Il a si peur de me faire mal », songea-t-elle tendrement.

— Charles !

Georgia Huntingdon agita ses bras dans les airs ; elle discutait avec monsieur Grosvenor, assise dans une méridienne dans un coin du salon. Monsieur Vega adressa un large sourire aux jumelles avant de s'éloigner, les yeux pétillants, pour aller se mêler à ses invités.

Olivia prit la main de sa sœur et l'entraîna vers l'alcôve située dans le hall d'entrée, là où se trouvait le grand piano. Heureusement, il était désert.

— J'ai trouvé quelque chose pendant que je préparais la maison, chuchota Olivia à sa sœur. Le journal intime que notre père a rédigé à partir du jour de notre naissance.

Les yeux d'Ivy, maquillés de noir, scrutèrent attentivement le visage d'Olivia.

— Et alors ?

— Et alors, notre mère est morte en accouchant, dit Olivia.

Elle sentait son cœur battre à tout rompre dans sa poitrine.

Ivy plissa les yeux, comme si elle essayait de voir à travers un épais brouillard.

— Notre père pense que son corps n'a pas pu supporter le fait d'avoir du sang de vampire en lui, expliqua Olivia.

Les genoux d'Ivy cédèrent et elle se laissa tomber sur le banc de piano. Elle avait l'air profondément troublée, mais elle ne dit rien.

— C'est pour ça qu'il voulait nous séparer, continua Olivia. Il croyait que la même chose m'arriverait si je grandissais entourée de vampires. Il avait peur que je tombe amoureuse de l'un des vôtres ou quelque chose comme ça. J'imagine qu'il a encore peur ; c'est pour ça qu'il croit que vous devez à tout prix déménager.

— Mais ça n'a aucun sens, répondit Ivy en secouant la tête. Ce n'est pas comme si tu allais recevoir une transfusion de sang.

Nous voulons juste vivre comme des sœurs et aller à l'école ensemble.

— Je sais, dit Olivia. Mais c'est lui que nous devons convaincre.

Ivy se leva, l'air décidé.

— Faisons-le maintenant, dit-elle. Je ne peux pas faire semblant de m'amuser maintenant que je sais tout ça.

Olivia hocha la tête et, ensemble, elles partirent à la recherche de leur père.

★ 🦇 ★

— Papa, est-ce que je peux te parler ? demanda Ivy.

Sa sœur et elle l'avaient enfin trouvé ; il était dans la cuisine, discutant avec entrain avec Rafe, le charpentier de cercueils.

— Bien sûr, dit-il en souriant et en faisant signe à Ivy de lui dire ce qui la préoccupait.

— En privé ? éclaircit-elle.

Monsieur Vega avait l'air perplexe, mais lorsqu'il vit Olivia à ses côtés et qu'il remarqua l'expression sur leurs visages, il devint inquiet.

— Bien sûr, dit-il rapidement en déposant son verre sur le comptoir. Pardonne-moi, Rafe. Allons à mon bureau, suggéra-t-il aux filles.

Ivy eut l'impression que leur périple à travers sa maison et l'ascension de l'escalier menant au deuxième étage avait duré une éternité. On aurait dit que quelqu'un les arrêtait à tous les mètres afin de leur arracher quelques mots. Enfin, ils arrivèrent au bureau de leur père, qui referma la porte et alla s'asseoir dans son fauteuil.

— Est-ce que tout va bien ? demanda-t-il.

« Ça y est », se dit Ivy.

— Nous savons, dit-elle simplement.

Une suite d'expressions traversa le visage de son père : le choc, puis la panique, et enfin, le déni.

— Vous savez quoi ? demanda-t-il en haussant les épaules de manière peu convaincante.

— Nous savons que tu es notre père, répondit Olivia.

— Et nous savons aussi ce qui est arrivé à notre mère, termina Ivy.

Leur père les regardait, incrédule.

— M-mais comment…, balbutia-t-il.

— Nous avons trouvé votre photo de mariage, expliqua Ivy.

— Et ton journal intime, ajouta Olivia.

Leur père les regarda attentivement, ses yeux alternant frénétiquement entre les deux. Ivy voyait qu'il cherchait désespérément quelque chose à leur dire. Pendant un court instant, un petit sourire en coin dévoila ses dents, et elle sut qu'il était tenté de tout nier. Mais ensuite, le sourire disparut et il ne resta plus qu'une expression peinée.

— Vous savez tout ? chuchota-t-il.

Ivy et Olivia firent signe que oui, et leur père ferma les yeux. Soudainement, il prit une grande inspiration, comme si on venait de le frapper dans l'estomac.

— J'aimais tellement votre mère.

Il retenait son souffle ; sa voix était tendue et aiguë.

— Je ne croyais pas pouvoir continuer à vivre sans elle, dit-il en avalant. La seule chose qui m'ait gardé dans ce monde… c'est vous deux.

Tout d'un coup, il s'effondra dans son fauteuil, et de grosses larmes se mirent à couler sur ses joues. Il enfouit son visage entre ses mains et sanglota.

Ivy avait l'impression de le regarder se faire réduire en poussière. C'était horrible. Olivia et elle s'approchèrent, mais il leva les mains en l'air, leur indiquant de rester à l'écart afin qu'il puisse continuer son histoire.

— Mes parents m'avaient toujours dit que les vampires et les humains ne devraient pas se mêler les uns aux autres, expliqua-t-il. Mais dès le moment où j'ai rencontré Susannah, votre mère, j'ai su tout de suite qu'elle était la seule femme pour moi. Je me fichais bien qu'elle soit humaine.

Il essuya brusquement ses larmes du revers de la main.

— Lorsqu'elle m'a dit qu'elle était enceinte, je croyais que c'était un miracle. Je croyais — tout le monde croyait — qu'une telle chose était tout simplement impossible. Je croyais que c'était la preuve de la force extraordinaire de notre amour.

Il secoua tristement la tête.

— Mais j'avais complètement tort.

— Elle est morte pendant l'accouchement ? demanda Olivia.

— Elle est morte, répondit sombrement son père, à cause de moi. Je n'aurais jamais dû la laisser m'aimer. Mes parents avaient raison — les vampires et les humains ne doivent pas se mêler les uns aux autres. Ça n'amène que de la tristesse et de la tragédie.

Il fixa Ivy droit dans les yeux.

— Tu comprends maintenant, ma chérie, pourquoi nous devons déménager ?

— Mais la Table ronde des vampires…, commença Olivia.

— Ma chère Olivia, ma fille adorée, l'interrompit-il en posant un regard désespéré sur elle. Oui, la Table ronde des vampires t'a acceptée. Mais ça ne change pas le fait que tu n'es pas l'une des nôtres. Je n'arrivais pas à le croire pas quand j'ai appris que tu avais emménagé à Franklin Grove. C'est sûrement le destin qui a voulu qu'Ivy et toi vous rencontriez.

Il soupira.

— J'imagine que, au fond de moi, je voulais que ça arrive ; je vous ai laissé nos bagues. Mais je ne pourrais pas supporter de te perdre de la même façon que Susannah, dit-il, la voix soudainement rauque. Et voilà pourquoi nous devons absolument nous séparer.

Il frappa le bureau de son poing, comme un juge qui rend son verdict.

Ivy voulait dire quelque chose pour convaincre son père que tout irait bien, sauf que maintenant, elle n'en était plus si sûre elle-même.

«Et si quelque chose de terrible arrivait à Olivia parce que nous avons décidé de rester ensemble? se dit-elle. Après tout, c'est le sang de mon embryon qui a infecté notre mère.»

La main d'Olivia lâcha la sienne et tous trois demeurèrent silencieux, perdus dans leurs pensées.

Puis, monsieur Vega fit pivoter son fauteuil et leur demanda de le laisser seul un moment. Ivy et Olivia sortirent lentement de la pièce; il n'y avait plus rien à dire.

Elles se laissèrent tomber sur le sol, dans le corridor situé à l'extérieur du bureau de leur père.

— Ce n'était pas sa faute, dit doucement Olivia.

— Tu as raison, dit Ivy derrière un épais rideau de cheveux. C'était la mienne.

— Quoi? s'exclama Olivia, surprise.

— Tu étais le bébé humain, expliqua tristement Ivy. J'étais le vampire. Notre mère est morte en accouchant de *moi*.

— Ivy, ce n'est pas vrai, protesta Olivia.

Sa sœur lui lança un regard incertain du coin de l'œil.

— Le père de Brendan a dit que nos cellules humaines et vampiriques se sont polarisées. Après ça, la grossesse aurait dû être tout à fait normale.

Ivy secoua la tête.

— Ça, on n'en sait rien.

« Notre père vient de passer les 13 dernières années de sa vie à se blâmer pour la mort de notre mère, se dit Olivia. Je ne peux pas laisser Ivy faire la même erreur. »

Elle se leva et lui tendit la main.

— Viens avec moi.

— Où allons-nous ? demanda Ivy en se laissant traîner par sa sœur.

— Trouver monsieur Daniels, lui répondit-elle. Nous allons éclaircir tout ça une fois pour toutes.

Elles aperçurent le père de Brendan dans le salon, occupé à parler avec un petit homme pâle portant des verres fumés.

— Excusez-moi, Monsieur Daniels, est-ce qu'on pourrait vous parler une minute ? demanda Olivia.

— Bien sûr, répondit-il, puis il les suivit à la cuisine.

— Ivy et moi devons vous demander quelque chose, dit Olivia.

Ivy se mordit la lèvre et fixa ses bottes.

— Est-ce qu'une femme humaine pourrait mourir en accouchant d'un vampire ? lança Olivia.

— Ça dépend, dit monsieur Daniels.

Olivia sentit un brin d'inquiétude monter en elle.

— De quoi ? se risqua-t-elle.

— Eh bien, ça dépend surtout de sa consommation de fer, répondit monsieur Daniels. Mais, en présumant qu'elle ait un régime équilibré, il n'y a aucune raison pour qu'une humaine ne puisse servir de mère porteuse à un bébé vampire. Pourquoi me demandez-vous ça ?

— Parce que nous venons d'apprendre que notre mère est morte durant son accouchement, expliqua simplement Olivia.

Elle regarda sa sœur, qui n'était clairement toujours pas convaincue.

— Est-ce qu'elle aurait pu mourir parce qu'elle avait besoin de plus de fer ou quelque chose comme ça ?

— Non, non, pas dans votre cas, expliqua monsieur Daniels en secouant sa folle crinière grise.

Ivy leva les yeux vers lui.

— Pourquoi pas ?

— Parce qu'une carence en fer chez la mère aurait certainement mené à des anomalies congénitales chez le bébé vampire, et tu as la santé d'une chauve-souris. La mort de votre mère a probablement été causée par des complications humaines qui surviennent parfois pendant l'accouchement.

— Alors, elle n'est pas morte à cause de moi ? demanda doucement Ivy.

Monsieur Daniels lui serra affectueusement l'épaule.

— Non, certainement pas, dit-il avec force.

Olivia vit le soulagement se dessiner sur le visage de sa sœur.

— Merci, Monsieur Daniels, dit Olivia d'un ton triomphant.

Ivy se sentait incroyablement bien, comme si elle venait de subir une transfusion de sang.

— Est-ce que vous accepteriez de répéter à mon père ce que vous venez de nous dire ? demanda-t-elle.

Monsieur Daniels la regarda d'un air perplexe.

— J'imagine que oui, mais pourquoi donc ?

Ivy et sa sœur se regardèrent.

« Nous devons dire la vérité au père de Brendan », se dit Ivy en le conduisant un peu plus loin dans la cuisine afin que personne ne puisse les entendre.

— Si nous vous partageons un secret, dit Ivy, est-ce que vous nous promettez de ne le répéter à personne ?

Monsieur Daniels étudia les visages d'Ivy et d'Olivia pendant un instant.

— Je vous le promets, dit-il enfin.

— Vous souvenez-vous de la fois où vous nous avez parlé de Karl Lazar, dit Ivy, le vampire qui était tombé amoureux d'une humaine et qui s'était exilé par la suite ?

— Oui, dit monsieur Daniels en hochant la tête.

— Eh bien, nous l'avons retrouvé, chuchota Olivia.

— Ah oui ?

Monsieur Daniels écarquilla les yeux.

— Où ?

— Ici, à Franklin Grove, répondit Ivy. Il a changé son nom pour Charles Vega.

— C'est incroyable ! s'exclama monsieur Daniels.

— Mais vrai, dit Ivy. Mon père est notre *vrai* père. Et il croit que notre mère est morte parce qu'il l'a mise enceinte.

Monsieur Daniels comprit tout de suite pourquoi les filles voulaient qu'il parle à leur père.

— Allons le voir immédiatement ! dit-il.

Ivy frappa légèrement à la porte de son bureau.

— Papa ?

— Tu peux entrer, dit-il d'un ton abattu.

— Papa, monsieur Daniels est avec nous.

Le père de Brendan suivit Ivy dans la pièce, et Olivia entra derrière lui.

— Il a quelque chose à te dire.

— Charles, tu n'es pas responsable de la mort de ta femme, annonça-t-il simplement.

Monsieur Vega parut froissé.

— J'apprécie ta sollicitude, Marc, mais…

Monsieur Daniels leva une main dans les airs.

— Laisse-moi finir. Ça fait presque 10 ans que j'étudie les naissances humains-vampires, et je me suis penché plus particulièrement sur le cas de tes filles au cours des deux dernières semaines. J'ai analysé des données 24 h sur 24. Lorsque leur mère est tombée enceinte, les cellules humaines et les cellules vampiriques des filles se sont séparées et ont formé deux embryons totalement distincts. À partir de ce moment, la grossesse s'est déroulée de façon tout à fait normale. Toutes mes recherches confirment ce fait. Il n'y a eu aucun effet toxique causé par l'ADN vampirique dans le ventre de ta femme.

— Alors, qu'est-ce qui l'a tuée ? demanda monsieur Vega.

— La médecine humaine et la science ont fait de grandes avancées, répondit monsieur Daniels, mais, encore aujourd'hui, à notre époque, il y a des fatalités qui ne peuvent être évitées lors de l'accouchement. C'est la nature. C'est la nature *humaine*, Charles. Ça n'a rien à voir avec les vampires.

Quelque chose changea dans les yeux de monsieur Vega.

— En es-tu bien certain ? demanda-t-il, hésitant.

— Je suis aussi certain qu'un généticien peut l'être, lui répondit doucement monsieur Daniels.

Monsieur Vega se leva doucement de sa chaise et contourna son bureau pour venir se placer devant monsieur Daniels. Puis, à la grande surprise d'Ivy, il jeta ses bras autour de lui.

— Merci, lança-t-il en haletant. Merci.

— Eh bien, tu es tout à fait le bienvenu, répondit monsieur Daniels.

Le père d'Ivy se retourna pour faire face à ses filles. L'air rayonnant, il saisit les mains d'Ivy et d'Olivia.

— Pourrez-vous me pardonner un jour? leur demanda-t-il. De vous avoir menti pendant si longtemps? D'avoir eu aussi tort?

La lèvre inférieure d'Olivia tremblait.

— Seulement si tu nous promets de te pardonner toi-même… papa, dit-elle en hoquetant.

Il attira ses deux filles contre sa poitrine, et Ivy lança un regard vers sa sœur, qui lui souriait à travers ses larmes. Elle entendit monsieur Daniels sortir silencieusement du bureau.

Ivy fit un énorme câlin à sa sœur et à son père. Pour la première fois, il n'y avait plus aucun secret pour les séparer.

CHAPITRE 11

« Je rêve d'un Noël *noir* », chantonnait mentalement Olivia tandis qu'elle se mettait du vernis rose scintillant sur les ongles.

C'était la veille de Noël, et sa sœur fouillait fiévreusement sa penderie afin de voir si elle avait, en sa possession, des chaussures qui pourraient convenir à l'ensemble qu'elle avait prévu de porter au dîner du lendemain.

La fête qu'elles avaient organisée pour leur père — et toutes les émotions que cette dernière avait suscitées — s'était déroulée à peine 24 heures plus tôt, mais on aurait dit que des siècles s'étaient écoulés depuis.

— As-tu vu l'expression sur le visage de papa quand tes parents nous ont invités à dîner chez toi pour Noël ? dit Ivy.

— Totalement, confirma Olivia en hochant la tête.

Elle souffla sur ses orteils.

— Il était tellement ému.

Ivy et son père avaient ramené Olivia chez elle après la fête, la veille, et Olivia avait été franchement impressionnée par la façon dont son père avait tout avoué à ses parents — à part la partie concernant les vampires, bien entendu. Il leur avait dit, clairement et sans détour : « Je suis le père biologique d'Olivia, mais vous êtes toujours ses parents, et je suis désolé de ne pas avoir été honnête au moment où Ivy et Olivia se sont retrouvées. » C'était vraiment très brave de sa part. Le père et la mère d'Olivia avaient été merveilleux eux aussi — ils avaient très bien pris la nouvelle. Et le meilleur dans tout ça ?

— J'ai encore de la peine à croire que nous ne déménageons plus, dit Ivy en examinant les talons d'une paire d'escarpins foncés. C'est comme si je venais de me réveiller d'un long cauchemar !

— C'est drôle, répliqua Olivia, parce que j'ai l'impression de m'être endormie et d'avoir fait le meilleur rêve de toute ma vie !

Lorsqu'Ivy et son père étaient repartis, Olivia et ses parents avaient exécuté une petite danse de célébration dans le salon afin de fêter le fait qu'Ivy ne déménageait plus en Europe. Ils avaient sauté dans les airs et s'étaient fait une tonne de câlins ; c'était vraiment mignon.

— Voilà exactement ce que je cherchais, annonça Ivy en brandissant une paire de chaussures rouge pompier.

— Elles ne sont indéniablement *pas* noires, remarqua Olivia.

— J'ai décidé d'ajouter un peu de couleur à mon ensemble, ajouta Ivy en souriant.

Olivia rit.

— Alors, qu'est-ce que tu voudrais faire aujourd'hui ?

— Je ne sais pas, dit Ivy en haussant les épaules. Maintenant que je n'ai plus besoin d'emballer mes affaires, on peut faire n'importe quoi !

— Il me semble qu'on a été tellement occupées à essayer de t'empêcher de déménager, dit Olivia, que je me suis à peine rendu compte que c'était le temps des Fêtes. *J'adore* Noël.

Le regard d'Olivia se posa sur une carte représentant un père Noël souriant, épinglée sur le babillard à côté de la porte. Elle eut soudainement une idée. Elle était si excitée qu'elle agita ses mains aux ongles encore humides dans les airs.

— J'ai une idée ! On pourrait aller voir la CSF !

Ivy gémit.

— Olivia, nous sommes trop vieilles pour ça.

— Tu dis ça juste parce que tu as grandi avec elle. Mais moi, je n'ai jamais rencontré la chauve-souris des Fêtes. Tu ne trouves pas ça triste ?

— Non, dit Ivy. Ce qui est triste, c'est d'aller voir la CSF alors que tu as 13 ans.

— Allez, supplia Olivia. C'est l'activité parfaite à faire la veille de Noël. S'il te plaîîîît, Ivy.

— D'accord. Mais je te jure que je ne passerai pas à travers ça toute seule, dit Ivy en sortant son téléphone cellulaire.

La mère d'Olivia les reconduisit au centre commercial en voiture. Brendan et Sophia, qui les attendaient devant le grand magasin Kruller's, sautèrent sur Ivy aussitôt qu'Olivia et elle furent sorties de la voiture.

— Tu ne déménages plus ? s'exclama Sophia en saisissant le bras d'Ivy.

— Je ne déménage plus ! confirma-t-elle, rayonnante.

— Tu restes, chuchota Brendan, en l'attirant vers lui et en enfouissant son visage dans ses cheveux.

— Elle reste ! répéta Olivia en poussant un petit cri de joie.

Ils restèrent comme ça, à se faire des câlins les uns après les autres, jusqu'à ce que Brendan décide d'ouvrir la porte du centre commercial pour les faire entrer.

— Je n'ai pas vu la CSF depuis trois lunes bleues, dit Sophia.

— Ça veut dire combien de temps ça ? demanda Olivia.

— Depuis l'âge de six ans, répondit Ivy.

— Olivia, si tu veux te tenir avec les chats noirs, taquina Sophia en faisant balancer son appareil photo de façon experte, tu dois apprendre l'argot.

— Ah ouais ? Va donc avaler un pieu, dit Olivia en feignant une froideur gothique.

— Ohhhhhh ! Touché ! dit Brendan.

Ses amis vampires rirent ; ils étaient tous visiblement très impressionnés par sa réplique.

Bras dessus, bras dessous, les quatre amis se frayèrent un chemin à travers la foule animée jusqu'à l'allée principale du grand magasin, d'où ils débouchèrent enfin devant un ascenseur.

— Nous y voici, dit Brendan.

Olivia avait peine à le croire.

« Kruller's est un établissement de vampires ? se dit-elle. J'ai acheté une magnifique minijupe rose néon ici, le mois dernier ! »

La porte de l'ascenseur s'ouvrit avec un « ding » et les quatre compatriotes réussirent à s'y engouffrer en même temps qu'un tas d'autres clients. Sophia appuya sur le bouton correspondant au cinquième étage, soit le dernier de l'immeuble. Enfin, la porte s'ouvrit et les quelques clients restants sortirent de l'ascenseur. Olivia s'apprêtait à faire de même, mais Ivy saisit son bras et lui lança un regard entendu. La porte se referma.

Ivy tendit le bras et déplaça l'enseigne, située à côté de la porte, sur laquelle on pouvait lire EN CAS D'URGENCE, révélant ainsi un clavier numérique. Elle saisit une série de chiffres et un petit panneau de métal glissa sur le côté pour révéler un bouton d'ascenseur unique, orné d'un V renversé. Ivy appuya sur le bouton, qui devint vert.

— Nous descendons, annonça Sophia.

Olivia surveillait l'écran d'affichage, situé au-dessus de la porte, qui indiquait l'étage sur lequel ils se trouvaient. Il changea de cinq à RC en quelques secondes seulement, puis afficha S, pour sous-sol. Ensuite, le S disparut et les lumières de l'ascenseur s'éteignirent, plongeant Olivia et ses amis dans la noirceur la plus totale.

Brendan poussait des gémissements effrayants, comme un fantôme. Olivia sentait que l'ascenseur continuait à plonger vers le bas.

« Mais jusqu'où allons-nous descendre ? se demanda-t-elle. Et si nous nous écrasions au fond ? »

— Les amis ? commença-t-elle, hésitante.

Soudainement, l'ascenseur s'arrêta, et la secousse fut si violente qu'Olivia faillit tomber à la renverse.

« Ding ! »

L'écran affichait désormais un V renversé ; la porte s'ouvrit.

Olivia n'en croyait pas ses yeux. Il y avait un tout autre grand magasin dans cet étrange sous-sol, et il était rempli de gothiques terminant leurs emplettes de dernière minute !

— Bienvenue chez Crueller's, dit Brendan à la façon d'un guide touristique, la troisième destination de magasinage la plus courue chez les vampires d'Amérique du Nord.

— Je savais que vous possédiez des parties de certains magasins, mais ça, c'est…

Olivia cherchait le bon mot. Elle était époustouflée de voir tous ces vampires et tous les merveilleux articles vampiriques qui l'entouraient.

— C'est vampilarant!

— Vampilarant! répéta Ivy en faisant rouler le mot sur sa langue.

Un sourire taquin se dessina sur son visage.

Ils se dirigèrent vers le rayon des cosmétiques, où ils passèrent devant un comptoir mettant en vedette 23 tons distincts de fards à joue pâles. Olivia observa avec intérêt une esthéticienne qui appliquait du rouge à lèvres noir sur une cliente au visage pâle vêtue d'un uniforme d'infirmière. Une élégante vampire s'approcha d'eux avec un vaporisateur.

— Aimeriez-vous essayer *Décomposition*? offrit la femme.

— Non merci, répondit Olivia, bouche bée.

Ils poursuivirent leur chemin à travers le rayon de mode pour femmes. Il y avait une table parsemée de t-shirts pliés ; Olivia en aperçut un à l'effigie d'un lapin, la tête renversée, avec des X à la place des yeux. Elle le saisit et le serra contre sa poitrine.

— Je dois *absolument* l'avoir, dit-elle.

— Tu blagues ? dit Sophia en lui arrachant le t-shirt des mains. C'est un Paul Frankenstein. Il coûte une fortune !

Les personnes autour d'eux chuchotaient et les dévisageaient sur leur passage. Olivia se dit que c'était sans doute à cause de son manteau en Sherpa et de ses bottes lunaires. Après tout, ce n'était certainement pas tous les jours qu'ils voyaient une meneuse de claques se balader dans leurs magasins. Mais, lorsqu'ils entrèrent dans le département des jouets, une petite fille aux cheveux noirs et aux lunettes rouges s'approcha d'eux, sa mère non loin derrière elle.

— Êtes-vous Olivia et Ivy ? demanda la petite fille d'un ton gêné.

Olivia et sa sœur hochèrent la tête.

— Oui, c'est bien nous, répondit Olivia.

— Est-ce que je pourrais avoir votre autographe pour mon amie? demanda la petite fille en leur tendant une feuille de papier et un stylo.

«C'est vrai, nous sommes presque célèbres maintenant», se souvint Olivia.

— Comment s'appelle ton amie? lui demanda-t-elle en prenant le stylo.

— Clarissa, répondit timidement la jeune fille. Elle est une humaine. Elle n'est pas au courant de l'existence des vampires, mais nous avons toutes deux des photos de vous dans nos chambres.

— Et comment t'appelles-tu?

— Erica.

Chère Clarissa. Toi et Erica êtes vampilarantes.

Ce mot était tout aussi extraordinaire à l'écrit qu'à l'oral.

Bisous, Olivia.

Olivia tendit la feuille à Ivy, qui ajouta *P.-S. Ça veut dire que vous êtes mortelles.*

— Tu n'auras qu'à lui dire que c'est de l'argot gothique, dit Olivia à Erica, qui saisit la feuille de papier et courut la montrer à sa mère.

Olivia et ses amis poursuivirent leur chemin.

— Voilà la CSF, annonça soudainement Brendan.

Olivia regarda tout autour d'elle, mais elle ne vit rien qui ressemblait à une chauve-souris des Fêtes. Puis, elle leva les yeux; le plafond voûté était si haut qu'il disparaissait dans la noirceur et tout là-haut, dans les airs, se trouvait une énorme chauve-souris volant en cercles, ses ailes battant énergiquement. Trois enfants étaient embarqués sur son dos et poussaient des cris de joie.

Olivia accéléra le pas et, un instant plus tard, elle se retrouva devant une enseigne qui disait VERS LA CACHETTE DE LA CHAUVE-SOURIS DES FÊTES. Une foule de gens étaient attroupés le long de l'enseigne, et elle se rendit compte qu'il y avait déjà des douzaines d'enfants et de parents qui attendaient en file.

— Allez! dit Olivia en traînant sa sœur le long de l'allée pour aller se placer dans la file.

— C'est long, gémit Ivy.

Cela faisait au moins 20 minutes qu'ils attendaient, et ils étaient encore loin du but.

Olivia ne semblait même pas entendre sa sœur se plaindre. Elle fixait la CSF, la bouche grande ouverte et les yeux pétillants. Les personnes qui se trouvaient devant elle firent quelques pas vers l'avant. Ivy, Sophia et Brendan firent de même, mais Olivia ne bougea pas, créant une ouverture dans la file.

— Trois pas vers l'avant, mademoiselle chauve-souris, dit Sophia.

Olivia avança docilement sans baisser les yeux.

Un homme à l'air bougon qui portait des lunettes protectrices et des ailes noires duveteuses passa à côté d'eux pour la millionième fois.

— Veuillez éteindre tout téléphone cellulaire afin de ne pas interférer avec le radar des Fêtes de la CSF, dit-il d'une voix forte. Veuillez attacher vos lacets et enlever vos foulards.

Ivy leva les yeux vers Brendan et vit qu'il répétait silencieusement les mots de l'homme.

— Veuillez ne pas apporter de nourriture ni de sang sur le dos de la CSF.

Elle éclata de rire.

— C'est quoi l'histoire de la CSF? demanda Olivia, émerveillée. Est-ce qu'elle vit au pôle Nord?

— Non, répondit Sophia. Elle vit là où il y a de la noirceur. Au cours des jours qui précèdent Noël, les petits vampires de partout dans le monde chuchotent ce qu'ils veulent à travers leur fenêtre. La chauve-souris des Fêtes, étant une chauve-souris, a un sens de l'ouïe extraordinaire.

— Alors, pas besoin de faire une liste? demanda Olivia. Il suffit de chuchoter ce qu'on veut?

— C'est exact, confirma Sophia. Seuls les humains pourraient inventer quelque chose d'aussi ennuyeux que le fait de rédiger une liste pour les Fêtes. Tout devient une corvée avec vous.

— C'est tellement un stéréotype, ça! protesta Olivia.

— Rétorqua la meneuse de claques au vampire, dit Brendan en riant.

Ivy éclata de rire en l'entendant et l'embrassa sur la joue; elle le trouvait tellement adorable.

Ils atteignirent enfin l'extrémité de la file. Deux autres hommes à l'air bougon et portant des lunettes protectrices les conduisirent jusqu'à la CSF, qui venait de se poser sur le sol.

— Qui aimerait s'asseoir à l'avant? demanda l'un d'eux.

— Moi! Moi! cria Olivia, totalement excitée, en agitant une main dans les airs.

Brendan et Sophia embarquèrent derrière elle.

— Il y a de la place pour une autre personne, annonça l'un des employés.

— Allez, Ivy, viens, dit Olivia.

— Ça va, répondit Ivy, je préfère garder les deux pieds sur terre.

— Allez! la disputèrent Olivia, Brendan et Sophia. Tu dois le faire!

— Non merci, répéta Ivy.

— Ivy! Ivy! Ivy! commencèrent à réclamer ses amis avant que quelques personnes derrière elle se joignent à eux.

Ivy leva les deux bras dans les airs en signe de défaite.

— D'accord! J'y vais!

Quelques personnes dans la file crièrent de joie.

Ivy se pressa sur le dos de la chauve-souris, tout juste derrière Olivia. Brendan glissa confortablement ses bras autour de sa taille et Sophia s'assit à l'arrière.

La chauve-souris tressauta et commença à s'élever dans les airs. Ivy poussa un cri et saisit les épaules de sa sœur pour se stabiliser. Ils commencèrent à monter de plus en plus haut.

Les bras de Brendan l'enlaçaient tendrement, et ils flottaient désormais bien haut dans les airs, loin au-dessus de la foule. Ivy ferma les yeux et sentit le vent souffler dans ses cheveux. Les éclats de rire d'Olivia lui emplissaient les oreilles et elle fut saisie d'une joie intense.

«Je suis sur la CSF, se dit-elle, avec ma meilleure amie, mon petit ami et ma sœur. Ça, c'est vraiment vampilarant!»

Elle serra les épaules d'Olivia et pencha la tête.

— Je souhaite, chuchota presque silencieusement Ivy à la chauve-souris qui se trouvait en dessous d'elle, d'être toujours entourée des personnes que j'aime.

Elle savait que la CSF avait entendu son vœu. Après tout, elle avait une ouïe extraordinaire, comme toutes les chauves-souris.

À PROPOS
DE L'AUTEURE

Sienna Mercer vit à Toronto, au Canada, avec ses deux chats, Calypso et Angel. Elle écrit la plupart de ses livres dans son grenier, entourée de photos prises lors de ses voyages. Elle n'a pas de jumelle, mais elle a toujours voulu en avoir une.

AdA
éditions

www.ada-inc.com
info@ada-inc.com

 www.facebook.com/EditionsAdA

 www.twitter.com/EditionsAdA